소중한 ______________________ 에게

______________________ 가(이) 선물합니다.

____

플랜더스의 개

위다 글

영국 에드먼즈 지방에서 프랑스 인 아버지와 영국인 어머니 사이에서 태어난 소설가이자 아동 문학가입니다. 위다는 필명이며, 본명이 'M. L. 드 라 라메'인 그녀는 어릴 때부터 책 읽기를 좋아하여 스물한 살 때 공상적인 이야기를 잡지에 발표하면서 작품 활동을 시작했습니다. 공상적이고 화려한 생활을 소재로 한 작품을 주로 썼는데, 삼십대 이후에는 초기의 가벼운 소설에서 벗어나 무게 있는 작품들을 발표하여 좋은 평을 받았습니다. 그중에서도 소년과 충직한 개와의 우정을 그린 아름답고 슬픈 이야기 「플랜더스의 개」가 가장 유명합니다. 위다는 성격이 밝고 감동을 잘했으나, 한평생 독신으로 지냈으며 동물을 무척 귀여워했습니다. 특히 개를 끔찍이 사랑했는데, 세상을 뜰 때에도 몇 마리의 개와 고양이가 그의 곁을 지켰다고 합니다. 동물 실험 반대를 주제로 한 소설을 남기기도 했습니다.

강원희 엮음

한국외국어대학교 영어과를 졸업했으며, 교육 방송과 교과서 집필 위원으로 활동하였습니다. 「아동문학평론」에 동화 「꿈을 긷는 두레박」이 당선되면서 문단에 나와 어린이를 위한 맑고 아름다운 글을 쓰고 있습니다. 그동안 동화책 「구조견 거루 이야기」「훈장을 단 허수아비」「술래와 풍금 소리」「빨간 구름 이야기」「화가와 호루라기」「휘파람 부는 허수아비」「북청에서 온 사자」「아침 풀잎은 눈부시다」「날고 싶은 나무」, 엮은 책 「문제아에서 천재가 된 딥스」 등을 펴냈으며, 세종아동문학상 · 계몽아동문학상 · MBC장편동화대상 등을 받았습니다.

2021년 1월 25일 2판 5쇄 **펴냄**
2013년 3월 20일 2판 1쇄 **펴냄**
2004년 8월 10일 1판 1쇄 **펴냄**

펴낸곳 (주)효리원
펴낸이 윤종근
지은이 위다
엮은이 강원희 · **엮은이** 류영자
등록 1990년 12월 20일 · **번호** 2-1108
우편 번호 03147
주소 서울시 종로구 삼일대로 457, 1206호
대표 전화 02)3675-5222 · **편집부** 02)3675-5225
팩시밀리 02)765-5222

ISBN 978-89-281-0263-1 64840

홈페이지 www.hyoreewon.com

플랜더스의 개

위다 지음
강원희 엮음 / 류영자 그림

효리원
hyoreewon.com

벨기에의 플랜더스 지방이 배경인 『플랜더스의 개』를 쓴 사람은 영국의 여류 작가 위다(1839~1908)입니다.

위다의 본명은 마리아 루이자 드 라 라메입니다. 1839년 영국에서 태어난 그녀는 어릴 때부터 책 읽기를 좋아했으며, 스무 살 때부터 소설을 쓰기 시작했습니다. 영국에서 작품 활동을 하다가 서른다섯 살 때 이탈리아의 피렌체에 살면서 많은 작품을 남겼습니다.

성격이 밝고 감동을 잘했으나, 그녀는 평생 독신으로 살았으며 동물을 무척 사랑했다고 합니다. 그중에서도 개를 아주 좋아하여서 말년에는 개들과 함께 지냈답니다. 세상을 뜰 때에도 개들이 그 곁을 지켰다고 합니다. 『플랜더스의 개』가 탄생한 것도 우연이 아니지요.

작품 속의 주인공 네로가 그토록 존경하던 루벤스는 『한복을 입은 사람』을 그린 화가이기도 합니다.

『플랜더스의 개』는 위대한 화가 루벤스를 널리 알릴 만큼 세계 여러 나라 어린이들에게 많이 읽히는 명작으로 남아 있습니다.

이 동화를 읽은 세계 여러 나라의 어린이들은 파트라슈와 네로의 우정을 마음 깊이 간직하면서 우정을 소중히 생각할 줄 아는 어른이 되었겠지요.

그 당시 앤트워프는 무역의 중심지로 17세기 뉴욕 항이라 불릴 만큼 이름난 항구 도시였답니다. 루벤스는 바로 그 도시를 빛낸 위대한 화가였으며, 네로처럼 화가를 꿈꾸는 많은 어린이들에게 희망을 심어 주었습니다.

이 작품은 가난하지만 정직하고 따스한 마음을 지닌 네로가 불꽃 같은 의지로 어떻게 험준한 세상을 살아가고 예술을 사랑했는지 보여 주는 눈물겨운 이야기입니다.

아무리 고달프고 힘들어도 어려움을 함께 나누는 네로와 파트라슈, 제한다스 할아버지, 그리고 알로아의 따스한 마음은 이 동화를 읽는 어린이들에게 커다란 감동을 줄 것입니다.

엮은이 강 원 희

| 차례 |

주정뱅이에게 팔려간 개

플랜더스는 예로부터 예술가들이 많이 살던 곳입니다. 또 몸집이 크고 충직한 개로 이름난 고장이기도 했습니다.

파트라슈는 플랜더스 개의 혈통을 이어 받아 힘이 세고 주인에게 순종하는 충직한 개였습니다. 파트라슈의 조상들은 몇 백 년 동안 대대로 플랜더스에서 수레를 끌었습니다. 파트라슈의 부모도 한 평생을 울퉁불퉁한 길에서 수레를 끌며 힘들게 살았습니다. 파트라슈가 부모에게서 물려받은 것도 바로 수레를 끌면서 힘든 일을 하는 것뿐이었습니다.

순수 혈통을 이어받은 파트라슈는 태어난 지 1년쯤 지났을 때 주정뱅이 철물 장수의 눈에 띄었습니다.

"아직 수레를 끌기에는 어리지만 튼튼한 다리를 보니 꽤 쓸모가 있겠는걸."

떠돌이 철물 장수는 주인에게 파트라슈가 어리다는 이유로 헐값에 흥정했습니다.

"하지만 이 개는 순수 혈통의 파트라슈요. 이 개의 어미도 오랫동안 수레를 끌어온 튼튼하고 순종적인 개라오. 어미를 닮아 튼튼한 녀석이니 머지않아 수레를 끄는 충직한 개가 될 거요."

"파트라슈가 플랜더스의 개라는 걸 누가 모르오? 하지만 아직 수레를 끌기에는 너무 어리단 말씀이야."

"알겠소. 하지만 헐값에 주는 대신 이 개가 수레를 끌 만큼 크거든 끌게 하시오. 파트라슈는 타고난 기질이 있지만 아직 어린 개에게 수레를 끌게 하는 건 사람으로서 할 짓이 아니니까 그것만은 약속해 주시오."

"나는 약속 같은 건 모르는 사람이오. 돈을 주고 산 내 개에게 내가 무슨 짓을 시키든 알 바 아니지 않소?"

철물 장수가 인상을 찌푸리며 말했습니다.

주인은 철물 장수의 태도가 마음에 걸렸습니다. 하지만 병이 난 아내의 약값이 필요해 어린 파트라슈를 팔 수밖에 없었습니다. 파트라슈는 결국 떠돌이 철물 장수에게 헐값에 넘겨졌습니다.

"파트라슈를 샀으니 이제 내가 손수 철물 수레를 끌지 않아도 되겠군."

철물 장수는 파트라슈가 수레를 끌기에는 아직 어리다는 것을 잘 알면서도 무거운 짐수레를 끌게 했습니다.

"파트라슈를 사는 건 당연히 수레를 끌게 하기 위해서지. 개를 수레 끝에 매달고 다니란 말이야? 수레를 끌다 보면 어린 개들도 자연히 크게 마련이거든."

철물 장수는 파트라슈 주인이 흥정할 때 했던 말이 마음에 걸려 스스로에게 말하듯 혼잣말을 했습니다. 그는 이 도시 저 도시 떠돌아다니며 철물이나 냄비, 물통, 사기그릇 따위를 팔러 다니는 장사꾼이었습니다. 그 물건들은 대부분 놋쇠나 양철로 만들어졌기 때문에 수레는 몹시 무거웠습니다.

파트라슈는 무거운 짐을 끌기에는 아직 어렸지만 튼튼하고 충직한 개였으므로 주인이 시키는 대로 산더미처럼 물건이 가득한 수레를 끌었습니다. 힘에 부쳐 비틀거리기라도 하면 주인은 등에 마구 채찍질을 해댔습니다.

"개들은 채찍으로 때리지 않으면 도무지 말을 듣지 않는단 말씀이야. 그러니까 어릴 적부터 길을 잘 들여야 해."

철물 장수는 한 번도 동물을 사랑해 본 적이 없었습니다. 장사가 되지 않으면 수레를 끄는 개에게 채찍으로 화풀이를 해 대는 몰인정한 사람이었습니다.

충직하고 온순한 혈통을 이어받은 파트라슈는 주인이 채찍으로 때릴 때마다 저항하지 않고 몸을 움츠리며 맞기만 했습니다. 어린 파트라슈가 주인의 채찍보다도 더 견딜 수 없는 것은 목마름과 배고픔이었습니다.

"개에게 음식을 많이 주면 게을러진단 말씀이야. 개를 사납고 독하게 키우려면 모름지기 음식을 조금만 줘야 해. 그것도 먹다 남은 음식을 주면 그만이지."

파트라슈는 철물 장수가 먹다 남긴 음식으로 겨우 배를 채웠습니다. 남은 음식이 없으면 아무리 무거운 짐수레를 끌고 채찍을 마구 맞은 날에도 배를 곯은 채 잠이 들어야 했습니다. 철물 장수는 제 배가 부르면 허기진 파트라슈에게 음식을 주는 것을 깜빡 잊기도 했습니다. 게다가 채찍으로 너무 많이 맞은 날에는 음식이 앞에 놓여 있어도 끙끙거리기만 할 뿐 먹을 수가 없었습니다.

"녀석이 배가 불렀구나! 주는 음식도 마다하고 먹지 않는 걸 보니……."

철물 장수는 파트라슈의 음식을 발로 냅다 걷어찼습니다. 발에 채인 음식은 배고픈 시궁쥐들의 먹이가 되었습니다.

버려진 개

어느 무더운 여름날, 철물 장수는 플랜더스에서 앤트워프를 향해 가고 있었습니다. 언덕 위를 오르던 파트라슈는 수레의 짐이 너무 무거워서 끙끙거렸습니다.

"이 망할 놈의 개 같으니라고! 어서 힘을 내지 못해!"

철물 장수는 파트라슈의 등에 채찍질을 마구 해 댔습니다.

앤트워프는 벨기에 북쪽에 있는 항구 도시로, 이름난 화가 루벤스가 살던 곳이었습니다. 루벤스는 한평생 고향인 앤트워프에서 그림을 그리다가 이 고장에서 생을 마친 위대한 화가였습니다.

앤트워프에는 아름다운 건축물로 손꼽히는 커다란 성당이

있었습니다. 그 성당에는 루벤스의 그림이 걸려 있었고, 위대한 화가는 그 성당의 지하 묘지에 고이 잠들어 있었습니다.

성당에서 울리는 종소리는 아주 멀리까지 울려 퍼져 앤트워프 사람들의 마음을 고요하고 평안하게 해 주었습니다.

그러나 철물 장수처럼 마음이 비뚤어진 사람에게는 성당에서 울리는 종소리가 시끄러운 소음으로만 들렸습니다. 그 종소리를 들으면 그동안 나쁜 짓을 했던 일들이 하나둘씩 떠올라 죄책감을 갖게 했습니다. 그럴 때면 마음이 내키는 대로 길가의 술집마다 들어가 취하도록 맥주를 마셨습니다. 그러나 수레를 끄는 파트라슈에게는 운하에 흐르는 물 한 모금도 주지 않았습니다.

"이보시오, 당신 개한테도 뭘 좀 먹여야 하지 않겠소? 꽤 지쳐 보이는데……."

술집 주인이 문밖에서 우두커니 주인을 기다리는 파트라슈를 보자 딱한 듯이 말했습니다. 더위에 지친 파트라슈는 목이 마른 듯 꽃잎 같은 혀로 제 그림자를 핥고 있었습니다.

"걱정 마슈, 저 녀석은 본래 튼튼한 놈이니까. 녀석에겐 채찍보다 더 좋은 건 없소."

주정뱅이 철물 장수가 술 취한 목소리로 말했습니다.

"아무리 말 못하는 동물이라도 이 더위에 물 한 모금 주지 않는 것은 좀 너무하지 않소?"

술집 주인은 파트라슈 앞에 물통을 놓아 주었습니다.

파트라슈는 친절한 술집 주인에게 눈빛으로 고마움을 표하고 나서 구두 주걱 같은 혀를 내밀어 물을 먹으면서 갈증을 해소했습니다.

"개에게 베풀 친절함이 있다면 나에게 술 한 잔이라도 더 베푸는 게 나을 거요."

주정뱅이 철물 장수가 술값을 지불하면서 혀가 꼬부라진 소리로 말했습니다.

"쯧쯧, 몹쓸 사람 같으니라고."

술집 주인이 혀를 찼습니다.

"파트라슈! 어서 가자!"

술집에서 나온 철물 장수가 공연히 채찍을 휘두르며 소리쳤습니다.

한낮의 뜨거운 햇살이 지면에 쏟아져 유난히 무더운 날이었습니다. 파트라슈는 무거운 짐수레를 끌고 가파른 비탈길을 오르는 중이었습니다. 배가 너무 고파 허기진 파트라슈는 몹시 지쳤습니다.

"이 게으름뱅이 개 같으니라고. 꾸물거리지 말고 어서 가지 못해!"

술에 취한 철물 장수가 가쁜 숨을 몰아쉬는 파트라슈의 등에 채찍을 휘둘렀습니다.

파트라슈는 다리가 후들거릴 만큼 힘을 냈지만 수레는 더 이상 움직이지 않았습니다. 짐이 너무 무거워서 바퀴가 부서졌기 때문이었습니다.

술 취한 주인은 아무것도 모른 채 막무가내로 채찍을 휘두르며 고함을 쳤습니다.

"파트라슈! 죽고 싶어서 꾀병이라도 부리는 거냐?"

파트라슈는 무지막지한 채찍이 깃털처럼 가볍게 느껴졌습니다. 그 순간, 마지막 채찍을 맞고는 먼지투성이 길 한가운데 힘없이 풀썩 쓰러졌습니다.

"뭐야, 쓰러졌잖아! 내가 너무 심하게 채찍을 휘둘렀나?"

철물 장수는 믿어지지 않는다는 투로 혼자 중얼거렸습니다.

파트라슈는 죽은 것처럼 꼼짝도 하지 않았습니다.

"파트라슈! 꾀병 부리지 말고 어서 일어나지 못해!"

철물 장수는 쓰러진 파트라슈에게 마구 채찍질을 해 댔습니다.

파트라슈는 더 이상 아픔도 느낄 수 없었고 어떤 소리도 들리지 않았습니다.

"이런, 망할 놈의 개! 결국 죽어 버렸군!"

철물 장수는 파트라슈가 이미 죽었거나 아니면 곧 죽을 것이라고 생각했습니다.

"가죽을 벗겨서 장갑이나 만들면 모를까 죽은 개는 도무지 쓸모가 없단 말이야."

철물 장수는 수레를 끄는 가죽 끈을 벗기고는 화풀이를 하듯 파트라슈를 발로 차 숲에다 버렸습니다. 사람들의 눈에 잘 띄지 않는 덤불숲은 거친 풀숲이었지만 수레와 채찍에서 해방된 파트라슈는 처음으로 편하게 몸을 눕힐 수 있었습니다.

"수레를 끌던 개까지 죽어 버렸으니 루반 마을까지는 해가 져서야 도착하겠는걸."

철물 장수는 투덜거리면서 무거운 짐수레를 손수 끌고 서둘러 갔습니다.

"아이고, 무거워! 몹쓸 개가 죽는 바람에 내가 짐수레를 손수 끌게 되다니……."

철물 장수는 물건을 마구잡이로 욕심껏 실었으므로 수레가 이토록 무거운 줄 몰랐습니다. 그동안 수레를 끌던 파트라슈가 얼마나 힘들었을지 그런 것은 손톱만큼도 생각해 보지 않

았습니다.

그날은 루반 마을의 축제가 끝나는 마지막 날이었으므로 철물 장수는 너무 늦게 도착하면 좋은 장소를 빼앗길까 봐 서둘러 걸음을 재촉했습니다.

'젠장, 이렇게 무거운 수레를 끌고 루반 마을까지 가야 하다니……. 하필이면 이렇게 무더운 날, 개까지 죽어서 이게 무슨 고생이람.'

철물 장수는 땀을 뻘뻘 흘리면서 공연히 죽은 개를 나무랐습니다.

철물 장수는 파트라슈를 단돈 몇 푼에 사서 아침 해가 뜰 때부터 질 때까지, 비가 오나 눈이 오나 2년 동안 심하게 부려먹었습니다. 수레를 끄는 개 덕분에 먹고살았지만 한 번도 파트라슈를 따뜻하게 돌봐 주어야겠다는 생각은 한 적이 없었습니다.

철물 장수는 파트라슈가 대대로 무거운 수레를 끌어 온 개이듯 대대로 술주정꾼인 주정뱅이 집안에서 온갖 학대와 폭력에 시달리며 험하게 살아왔습니다. 그동안 한 번도 따뜻한 사랑을 받아 본 적이 없었고, 누군가에게 사랑을 베풀어 본 적도 없었습니다.

“그동안 한 번도 병이 난 적이 없는 튼튼한 개였는데……. 아무래도 내가 너무 심하게 부려 먹었나 봐.”

루반 마을까지 무거운 짐수레를 손수 끌고 가던 철물 장수는 그제야 파트라슈가 얼마나 힘이 세고 참을성이 많은 충직한 개였는지 절실히 깨닫게 되었습니다.

“어디 가서 그렇게 힘이 세고 충직한 개를 구한담. 기껏 수레를 끌 만큼 키워 놨더니 그렇게 맥없이 죽어 버리다니…….”

철물 장수가 투덜거리며 발걸음을 재촉했습니다.

어느새 날이 저물고, 힘겹게 제 그림자를 끌고 가던 철물 장수는 수레를 끌던 개마저 죽고 없다고 생각하니 더더욱 쓸쓸한 마음이 들었습니다.

손수레에 실려 가는 파트라슈

숲에 버려진 파트라슈는 정말 죽었는지 꼼짝도 하지 않았습니다. 개미가 콧구멍을 기어가도, 까마귀가 날아와 귀를 쪼아도 파트라슈는 털끝 하나 움직이지 않았습니다.

지나가는 사람들은 축제에 마음이 들떠 누구 한 사람 쓰러져 죽은 개를 거들떠보지 않았습니다.

아이들과 함께 마차를 타고 축제에 가던 한 가족이 쓰러진 개를 발견했습니다.

"누가 숲에 개를 버렸담."

마차를 몰고 가던 아버지가 툴툴거리면서 말했습니다.

"가엾어라. 죽었는지 꼼짝도 안 하네. 병에 걸려서 누가 버린 건지도 몰라요."

마차에 탄 어머니가 말했습니다.

"우리가 치료해 주면 안 될까요?"

"너무 불쌍해요. 우리가 데리고 가서 잘 보살펴 주면 나을 거예요."

마차에 탄 아이들이 말했습니다.

"얘야, 버려진 개는 위험하단다. 죽은 개를 가까이 하면 병이 옮을지도 몰라."

아버지는 서둘러 마차를 몰면서 쓰러진 개를 그냥 지나쳐 갔습니다.

그때 일을 마치고 손수레를 끌고 가던 한 할아버지와 어린 소년이 그 길을 지났습니다.

어린 소년의 이름은 네로였습니다. 네로는 니콜라스라는 이름의 애칭이었습니다. 밝은 금빛 머리에 눈망울이 맑은 네로는 그림 그리기를 좋아해서 길을 걸을 때, 무엇이든 지나치지 않고 자세히 관찰하며 걷는 버릇이 있었습니다.

네로는 저 멀리서 까마귀 떼들이 화르르 날아오르는 모습을 보았습니다.

"대체 까마귀들에게 무슨 일이 생긴 걸까?"

네로가 까마귀들이 모여 있는 곳에 가까이 다가가자 그곳에는 커다란 개 한 마리가 쓰러진 채 꼼짝도 하지 않았습니다.

"할아버지! 개가 쓰러져 있어요!"

파트라슈를 발견한 네로가 소리쳤습니다. 그러자 손수레를 끌던 할아버지가 가까이 다가왔습니다. 할아버지는 빛바랜 푸른 모자를 쓰고 있었습니다.

"저런! 온몸이 상처투성이인 걸 보니 누군가에게 채찍으로 심하게 맞은 모양이로구나."

할아버지가 파트라슈의 가슴에 손을 대 보았습니다. 그러자 할아버지의 손길에 따스함이 묻어났습니다.

"몸이 따스한 걸 보니 아직 죽지는 않았어."

네로가 파트라슈의 가슴에 귀를 대 보았습니다. 심장 뛰는 소리가 작은 새처럼 가냘프게 들려왔습니다.

"할아버지, 우리가 집으로 데리고 가서 보살펴 주면 안 될까요?"

네로가 불쌍한 마음이 들어 할아버지께 물었습니다.

그러자 할아버지가 걱정스러운 눈빛으로 네로를 바라보았습니다. 오두막집에서 단 둘이 사는 할아버지와 네로는 그날그날 끼니를 이어 가기도 힘든 형편이었습니다.

"하지만 네로야, 우리는 이 개를 돌봐 줄 힘이 없단다."

할아버지가 힘없는 목소리로 말했습니다. 가난한 형편에 다른 식구를 받아들인다는 것이 쉽지 않았습니다. 더구나 몸집으로 보아 큰 개는 먹는 것도 만만치 않을 게 뻔했습니다.

네로는 할아버지의 눈빛이 무엇을 걱정하는지 금세 알아차렸습니다.

"할아버지, 걱정 마세요. 그 대신 제가 조금만 먹을게요. 그리고 더 열심히 일하겠어요. 네?"

네로가 간절한 마음으로 말했지만 할아버지는 대답할 수가 없었습니다.

"할아버지, 버려진 개를 그냥 두고 가는 것은 성모님도 원하지 않으실 거예요."

네로가 간절한 눈빛으로 다시 말했습니다.

할아버지는 네로의 눈빛을 보자 거절할 수가 없었습니다.

"그래, 그러자꾸나. 정성껏 잘 보살펴 주면 기운을 차릴지도 모르지."

할아버지가 네로의 간절한 부탁에 마지못해 허락했습니다.

"할아버지, 정말 고맙습니다. 제가 정성을 다해서 보살펴 주겠어요."

네로가 기쁨에 들뜬 목소리로 말했습니다.

그동안 부모 형제도 없이 외롭게 자라 온 네로에게 친구가 생긴 것입니다.

할아버지는 가엾은 동물을 지나치지 못하는 네로의 착한 마음을 보면서 말없이 미소를 지었습니다.

"녀석, 엄마를 닮아서 정이 많구나."

할아버지가 네로의 금발 머리를 쓰다듬었습니다.

할아버지와 네로는 파트라슈를 안아 빈 수레에 실었습니다. 파트라슈는 워낙 몸집이 큰 개라서 몹시 무거웠습니다.

"녀석, 덩치가 커서 그런지 꽤 무겁구나!"

돌이 깔린 울퉁불퉁한 길바닥을 지나자 파트라슈를 실은 수레가 흔들려 몹시 덜컹거렸습니다. 몸집이 큰 개는 수레가 덜컹거리는 대로 흔들리면서도 깨어나지는 않았습니다.

"할아버지, 수레에 싣고 가는 동안 개가 죽지는 않겠죠?"

네로가 걱정이 되어 물었습니다.

"그래, 만일 그러면 포도나무 밑에 고이 묻어 주자꾸나. 하지만 살아서 우리 네로의 친구가 되어 준다면 정말 좋겠구나."

"할아버지, 개들도 죽으면 하늘나라에 갈까요?"

"그래, 사람들에게 순종하고 한평생 열심히 수레를 끌다가 생을 마감하는 플랜더스 개는 아마도 하늘나라에 갈게다."

할아버지가 덜컹거리지 않도록 조심스럽게 수레를 끌면서 말했습니다.

할아버지의 말에 네로는 하늘을 바라보았습니다. 푸른 하늘에는 하얀 구름이 두둥실 떠 있었습니다.

'하늘나라는 어떤 나라일까?'

네로의 어머니도 네로가 겨우 걸음마를 할 무렵 하늘나라로 떠났습니다. 네로는 하늘을 바라볼 때마다 어머니 생각이 났습니다.

'사람이나 동물이나 죽으면 왜 모두들 하늘나라에 가는 것일까? 하늘나라에 가면 그리운 엄마를 만날 수 있는 걸까?'

어린 네로는 아직 죽음이 무엇인지 잘 알 수 없었습니다.

"네로야, 수레를 밀지 않고 뭘 생각하느냐? 개가 덩치가 커서 그런지 바윗돌을 실은 것처럼 수레가 몹시 무겁구나."

비탈길을 오를 때마다 네로는 할아버지가 끄는 수레를 힘껏 밀어 드렸습니다. 그런데 잠시 다른 생각에 빠져 있느라 깜빡했던 것입니다.

"네, 할아버지!"

화들짝 정신을 차린 네로는 할아버지가 끄는 수레를 힘껏 밀었습니다.

어느새 어린 네로의 머릿속은 파트라슈가 건강을 되찾아 푸른 들판을 함께 달리는 상상으로 가득 차 있었습니다.

그러나 할아버지는 파트라슈가 건강을 회복한다고 해도 어떻게 먹여 살릴지 걱정이 앞섰습니다.

오두막집에 도착하자 할아버지와 네로는 파트라슈를 바람이 잘 통하는 헛간의 푹신한 짚 더미 위에 눕혔습니다. 파트라슈의 몸은 아직 따스했습니다.

“아마 개가 더위를 먹은 게야. 이렇게 무더운 날은 사람도 견디기 힘들지.”

할아버지는 파트라슈 곁에 물통을 놓았습니다.

“깨어나서 물을 마시고 나면 정신이 좀 들게다.”

할아버지가 헛간 문을 가만히 닫으면서 말했습니다.

“할아버지, 개가 깨어난 다음엔 어떡하지요?”

“그러면 우유를 먹여 기운을 차리게 해 주자꾸나.”

“할아버지, 그럼 제가 우유를 줄게요.”

“그래, 그러렴.”

네로는 파트라슈를 헛간에 혼자 두는 게 마음에 걸렸습니다.

“할아버지, 오늘은 제가 헛간에서 개와 함께 자면 안 될까요?”

“네가 잠자는 동안 개가 기운을 차릴 테니 걱정하지 마라.”

할아버지는 정이 많은 네로가 마음을 쓰는 게 안쓰러웠습니다.

새벽에 잠을 깬 할아버지는 네로의 모습이 보이지 않자 헛간으로 가 보았습니다. 네로가 짚 더미에서 파트라슈와 함께 잠들어 있었습니다.

"이런, 헛간에서 잠을 자다니……. 개가 그렇게도 걱정이 되었나 보구나."

할아버지가 네로를 안고 헛간 문을 나서자 끙끙거리는 소리가 났습니다.

"녀석이 깨어난 모양이로군!"

할아버지의 말에 네로가 어느새 잠이 깨어 눈을 비볐습니다.

"할아버지, 제가 우유를 가져다줄게요."

"그래, 그러려무나."

네로는 파트라슈에게 따뜻한 우유를 가져다주었습니다.

"어서 이걸 먹고 기운을 차리렴. 그리고 나랑 마음껏 뛰어 놀자. 우리 마을에는 네가 뛰어다닐 아름다운 들판이 얼마든지 있단다."

네로가 파트라슈의 귀에 대고 가만히 속삭이듯 말했습니다.

할아버지의 오두막집

플랜더스는 앤트워프에서 5킬로미터 정도 떨어진 마을이었습니다. 마을의 지붕은 장밋빛이었고 창문마다 하늘색 덧문이 달려 있었으며 햇살이 비치면 하얀 벽은 눈처럼 하얗게 빛났습니다.

언덕 위에는 빛바랜 빨간 풍차가 바람을 감고 돌았습니다. 낡은 풍차는 노인의 뼈마디처럼 삐그덕 소리를 내며 돌았습니다. 넓은 목장이 펼쳐진 들판에는 바람이 불 때마다 밀밭이 파도처럼 물결을 일으켜 일렁거렸습니다. 첨탑이 달린 낡은 성당의 종탑에서는 맑은 종소리가 마을 사람들의 마음속에 고요히 울려 퍼졌습니다.

할아버지와 네로가 함께 사는 작은 오두막집은 낡고 허름했지만 조개껍데기처럼 아담하고 아늑했습니다.

작은 텃밭에는 할아버지가 가꾸는 약초와 호박, 누에콩이 자라고 있었습니다.

본래 이 오두막에는 제한다스 할아버지 혼자 살았습니다.

젊은 시절, 제한다스 할아버지는 전쟁에 참가해 다리에 부상을 당했습니다. 그래서 평생 다리를 절면서 지냈습니다.

제한다스 할아버지에겐 어여쁜 딸 마리아가 있었습니다. 아름다운 마리아는 예술가들이 사는 플랜더스나 앤트워프의 화가들이 그림으로 그리고 싶을 만큼 미모가 빼어났습니다.

화가들은 저토록 아름다운 아가씨를 모델로 그림을 그리면 레오나르도 다 빈치의 모나리자처럼 명작을 그릴 수 있으리라 생각했습니다.

"마리아를 모델로 그림을 그리면 안 되겠습니까?"

화가들이 제안했지만 제한다스 할아버지는 딸의 모습이 그림으로 그려져 팔려 가는 것을 원하지 않았습니다. 그런 그림들은 주로 싸구려 술집이나 이발소에 걸려 있었습니다.

큰 도시에서 앤트워프로 와 잠시 머물던 어느 떠돌이 화가는 어디에서도 마리아처럼 아름다운 아가씨를 본 적이 없었습니다.

"아름다운 아가씨, 내 그림의 모델이 되어 주시겠습니까?"

마리아는 아버지의 허락 없이 그 화가의 모델이 되었습니다.

화가가 마리아를 그림으로 그리는 동안 두 사람은 사랑에 빠졌습니다. 그림이 완성되자 떠돌이 화가는 마리아에게 청혼했습니다.

제한다스 할아버지는 두 사람의 결혼을 승낙하지 않았습니다. 어디서 온지도 모르고 어디로 떠날지도 모르는 떠돌이 화가에게 소중한 딸의 삶을 맡길 수 없었습니다.

그러나 두 사람은 아버지의 반대를 무릅쓰고 앤트워프의 한 성당에서 결혼식을 올렸습니다. 그 성당은 위대한 루벤스의 그림이 걸려 있는 유서 깊은 곳이었습니다.

두 사람은 그림 그리기에 풍광이 뛰어난 아르덴에서 새 삶을 시작했습니다. 그런데 아르덴에서 단란한 가정을 꾸려 가던 마리아의 행복은 그리 오래가지 않았습니다. 그림이 팔리지 않자 마리아는 가난한 삶을 꾸려 가야 했습니다.

떠돌이 화가는 이 작은 고장에서 그림을 그리는 것에 싫증이 났습니다.

"이 고장에선 아무리 열심히 그림을 그려도 나를 알아주는 사람이 없어. 이곳은 우물 안의 개구리처럼 답답하기만 해. 더 큰 도시에 가서 그곳 예술가들과 어울리면서 그들과 겨루고 싶어."

떠돌이 화가는 한곳에 안주하는 사람이 아니었습니다. 그는 우물처럼 작은 도시를 떠나 예술가들이 모이는 먼 나라의 도시로 가야 한다는 생각을 떨쳐 버릴 수 없었습니다. 마침내 화가는 자신의 꿈을 찾아 아내를 남겨 두고 먼 곳으로 떠났습니다.

아르덴에 홀로 남겨진 마리아는 사내아이를 낳았습니다. 아버지를 닮아 푸른 눈에 금발인 귀여운 아기였습니다. 마리아는 아기를 안고 결혼식을 올렸던 앤트워프 대성당에서 유아

세례를 받았습니다. 신부님이 아기의 세례명을 니콜라스라 지어 주었습니다.

마리아는 혼자 힘으로 니콜라스를 키우며 힘겹게 살아갔습니다. 어려움을 견디다 보면 언젠가 남편이 명성을 날리는 화가가 되어 돌아오리라고 굳게 믿었습니다.

니콜라스가 4살이 되었을 때, 아르덴에 전염병이 돌았습니다. 홀로 아기를 키우기 위해 힘겹게 모진 일을 하던 마리아는 몸이 약해 그만 병에 걸리고 말았습니다.

어느 날, 제한다스 할아버지에게 아르덴의 딸한테서 편지가 왔습니다.

아버지,

아버지의 뜻을 거역하고 그동안 소식을 끊고 지내서 죄송합니다.

니콜라스도 건강하게 잘 크고 있습니다.

이 마을에는 전염병이 돌아 제가 그만 병에 걸리고 말았습니다.

아버지의 도움이 간절히 필요해 편지를 드립니다.

아버지, 어린 니콜라스를 부탁드립니다.

제한다스 할아버지는 딸의 편지를 받고 급히 아르덴으로 갔습니다.

병에 걸린 딸은 침대 위에 누워 있고, 어린 니콜라스 혼자 엄마 곁을 지키고 있었습니다.

"아버지, 이렇게 와 주셔서 고맙습니다."

아픈 딸이 힘겹게 말했습니다.

"이러고 있을 게 아니라 니콜라스를 데리고 함께 이곳을 떠나도록 하자."

"아버지, 저는 갈 수 없어요. 이곳에 남아 남편을 기다려야 해요. 하지만 이 마을에 전염병이 돌아 어린 니콜라스가 병에 걸릴까 봐 걱정이에요."

제한다스 할아버지는 어린 니콜라스를 품에 안았습니다. 금발 머리에 눈이 맑은 니콜라스가 푸른 눈을 반짝이며 할아버지에게 미소를 지었습니다.

제한다스 할아버지는 어린 니콜라스를 플랜더스의 오두막집으로 데리고 왔습니다.

이렇게 제한다스 할아버지는 어린 외손자를 떠맡게 되었습니다. 그 외손자가 바로 네로입니다. 제한다스 할아버지는 어린 네로를 어떻게 키워야 할지 막막했지만 정성을 다해 아끼고 보살펴 주었습니다.

얼마 후, 제한다스 할아버지는 아르덴의 딸이 전염병에 걸려 세상을 떠났다는 소식을 들었습니다.

"아아, 가엾은 마리아."

제한다스 할아버지는 안타까운 마음으로 하늘을 보며 성호를 그었습니다. 아르덴에는 전염병이 돌아 갈 수가 없었습니다.

제한다스 할아버지는 어린 손자를 돌보기에는 나이가 너무 많았습니다. 하지만 어린 네로는 눈에 넣어도 아프지 않을 만큼 귀엽고 귀한 손자였습니다. 오랫동안 웃음을 잃고 살아온 제한다스 할아버지에게 웃음을 선사해 준 것은 바로 네로였습니다.

"네로, 네가 없었다면 이 할애비의 삶이 얼마나 쓸쓸할지……. 네가 있어 이 할애비가 살아갈 힘을 얻는단다."

할아버지는 힘든 일에 지쳤다가도 어린 네로를 보면 힘이 솟았습니다. 할아버지와 네로는 빵 한 조각이나 양배추 몇 잎이면 충분히 행복했습니다. 그러나 빵 한 조각이 없어서 끼니를 거를 때도 많았습니다.

친구가 된 파트라슈

할아버지는 다리를 절룩거리며 젖소를 키우는 집의 우유 통을 모아 앤트워프까지 배달하면서 근근이 살아갔습니다.

네로는 여섯 살이 되자 손수레를 끄는 할아버지의 뒤를 따라다녔습니다.

어린 네로는 불편한 다리를 절룩거리며 힘겹게 손수레를 끌고 다니는 할아버지를 볼 때마다 늘 마음이 아팠습니다.

'손수레를 끄는 개라도 한 마리 있다면 얼마나 좋을까? 그럼 할아버지가 덜 힘드실 텐데…….'

네로는 어서 빨리 커서 할아버지 대신 수레 끄는 일을 해야겠다고 생각했습니다.

힘이 센 플랜더스의 개들은 주로 짐수레를 끌었지만 할아버지와 네로의 형편으로는 수레를 끄는 개를 살 수가 없었습니다.

네로는 할아버지에게는 힘이 되어 주고, 자신에게는 친구가 되어 주는 개 한 마리를 갖는 것이 꿈이었습니다. 그런데 마침 바로 그런 개를 만나게 된 것이었습니다.

"어서 힘을 내렴! 네가 건강한 모습으로 깨어난다면 얼마나 좋겠니?"

네로가 까칠한 파트라슈의 갈색 털을 쓰다듬으며 속삭이듯 말했습니다.

죽은 듯이 누워 있는 파트라슈의 귀에 호통 치는 소리가 아니라 어린 소년의 다정한 속삭임이 들렸습니다. 그리고 몸에 느껴지는 것은 아픈 채찍이 아니라 따스한 손길이었습니다. 한 번도 사람들에게 따뜻한 사랑을 받아 본 적이 없었던 파트라슈는 모든 것이 낯설게만 느껴졌습니다.

'꿈일까?'

파트라슈는 꿈을 꾸는 것만 같았습니다. 아니면 철물 장수한테 채찍으로 맞으며 모진 학대를 견디던 때가 꿈이었는지 알 수가 없었습니다.

파트라슈는 친절하게 속삭이는 소년이 누구인지 보고 싶어서 가만히 눈을 떴습니다.

“할아버지, 개가 눈을 떴어요!”

네로가 기뻐서 소리쳤습니다.

큰 소리로 외치는 네로의 목소리에 놀란 파트라슈는 주인이 호통 치는 소리인 줄만 알고 반사적으로 몸을 벌떡 일으켰습니다. 그러다가 그만 힘없이 그 자리에 쓰러지고 말았습니다.

“아직은 안 돼. 그냥 누워 있어.”

네로가 파트라슈의 몸을 쓰다듬으면서 다정한 목소리로 말했습니다.

“네로의 정성이 지극해서 죽어 가는 개를 살렸구나!”

할아버지가 몸을 일으킨 파트라슈를 보고 기쁨에 찬 목소리로 말했습니다.

파트라슈의 몸에는 수레를 끌던 가죽 끈 때문에 생긴 상처가 깊이 남아 있었습니다.

“가엾게도 이 개는 오랫동안 수레를 끌면서 주인에게 심하게 학대받았던 게 틀림없구나.”

할아버지가 네로의 몸에 깊이 새겨진 상처를 보면서 말했습니다.

“이젠 수레를 끌지 않아도 돼. 참, 우리 아직 인사를 나누지 않았지? 난 네로란다. 네 이름은 뭐니?”

네로는 마치 새로운 친구를 만난 것처럼 파트라슈에게 말을 걸었습니다.

그러자 할아버지가 말했습니다.

“네로야, 그냥 파트라슈라고 불러 보렴. 전 주인이 개를 저렇게 죽도록 내버려 둔 사람이라면 이름을 제대로 지어 주었을 것 같지 않구나.”

파트라슈라는 이름은 플랜더스 지방 사람들이 개에게 흔히 붙이는 이름이었습니다.

"파트라슈!"

할아버지의 말에 네로가 그 이름을 한 번 부르자 파트라슈가 대답하듯 힘없이 꼬리를 흔들었습니다.

"파트라슈! 네 이름이 정말 파트라슈였구나!"

네로가 파트라슈의 목덜미를 끌어안으면서 말했습니다.

파트라슈는 말은 할 수 없지만 자신을 돌보아 주는 할아버지와 네로의 따뜻한 마음을 느낄 수 있었습니다. 날마다 거친 말투에 채찍으로만 맞았던 파트라슈는 태어나서 처음으로 사람들에게 따스한 사랑을 받았습니다.

"파트라슈! 널 만나서 정말 기뻐. 넌 이제 내 친구야. 우린 한 가족이란다."

네로는 파트라슈의 머리를 쓰다듬으면서 한 가지 걱정이 앞섰습니다.

"할아버지, 파트라슈의 주인이 찾아오면 어떡하죠?"

네로가 마음에 걸려서 걱정스럽게 말했습니다.

"네로, 걱정하지 마라. 파트라슈의 털을 보니 사랑을 받던 개 같지가 않구나. 보나마나 주인에게 받은 것이라곤 채찍질뿐이었겠지. 게다가 주인은 죽어 가는 파트라슈를 길에 버리고 가지 않았니? 아마 지금쯤 파트라슈가 죽은 줄 알게다."

네로는 할아버지의 말에 조금은 안심이 되었습니다.

"파트라슈! 난 오래전부터 너처럼 힘이 세고 멋진 개를 갖는 게 꿈이었단다. 우리 좋은 친구가 되자."

네로가 윤기를 잃은 파트라슈의 갈색 털을 쓰다듬어 주면서 말했습니다.

파트라슈는 알아들었다는 듯 두 귀를 쫑긋거리면서 순한 눈빛으로 친구가 된 네로를 지긋이 바라보았습니다. 새로운 주인을 만난 파트라슈의 눈빛에는 불친절하고 혹독한 옛 주인에 대한 기억이 씻은 듯이 사라지고 안도감이 깃들어 있었습니다. 파트라슈는 대답 대신 혀를 내밀어 새 주인이 된 어린 네로의 손등을 핥았습니다.

풍차 방앗간 지붕 위에 뜬 무지개

파트라슈는 날이 갈수록 눈에 띄게 몸이 점점 좋아졌습니다. 날마다 아무것도 먹지 못한 채 채찍을 맞으며 수레를 끌던 아픈 기억도 차츰 사라져 갔습니다.

"네로, 오늘은 할아버지를 따라오지 말고 파트라슈와 함께 들판이나 산책하렴."

"하지만 할아버지 혼자 힘드시잖아요."

"파트라슈가 아직 몸이 회복되지 않았으니 앤트워프까지 가는 건 무리일 게야."

네로는 할아버지의 말씀대로 파트라슈와 함께 산책을 가기로 했습니다.

“파트라슈! 우리 함께 들판으로 가 보자.”

네로는 파트라슈와 함께 푸른 들판을 달렸습니다. 푸른 들판에는 마가렛 꽃이 피어 있어 바람에 흔들릴 때마다 먼 곳까지 향기가 퍼졌습니다.

파트라슈는 아직 몸이 회복되지 않아 힘차게 달릴 수는 없었지만 바람에 실려 오는 꽃향기는 맡을 수 있었습니다.

네로는 마가렛 꽃으로 꽃목걸이를 만들어 파트라슈에게 걸어 주었습니다.

파트라슈는 킁킁 꽃 냄새를 맡으면서 네로와 함께 즐거운 시간을 보냈습니다. 수레를 끄는 가죽 끈에서 벗어난 파트라슈가 이렇게 자유로운 느낌을 가져 보기는 처음이었습니다.

네로는 난로에서 타다 남은 목탄을 가져와 풍차가 돌아가는 마을 풍경을 배경으로 파트라슈를 그렸습니다.

“파트라슈! 얌전히 있으렴. 그렇게 뛰어다니면 그림을 그릴 수 없단다.”

파트라슈는 네로의 말을 알아들었는지 나무 둥치 곁에 얌전히 앉아 있었습니다.

그림을 그리는 네로의 얼굴에는 목탄의 숯 검댕이 묻었습니다. 그것도 모른 채 네로는 그림 그리기에만 열중했습니다.

그때 누군가가 네로의 등 뒤로 가만히 다가왔습니다.

"네로, 멋진 그림을 그리는구나!"

풍차 방앗간 집 딸인 알로아였습니다.

"알로아, 정말 오랜만이구나. 네가 요즘 창가에 보이지 않아서 어디 아픈가 걱정했어."

알로아가 사는 집은 네로가 우유 통을 수레에 싣고 가는 길목에 있었습니다.

"그동안 감기에 걸려서 어머니가 문을 열어 놓지 말라고 하셨어. 오늘은 감기가 좀 나아서 들판으로 나온 거란다."

그래서 그런지 알로아의 얼굴이 다른 때보다 창백해 보였습니다.

"그런데 네로, 네 얼굴에 숯 검댕이 묻은 건 아니? 호호호!"

알로아가 소리 내어 웃으면서 말했습니다.

"그래?"

네로가 얼굴을 손으로 훔치자 얼룩이 번져 더욱 우스운 꼴이 되었습니다.

"호호, 네로, 마치 굴뚝 청소를 하다 온 것만 같아."

네로는 얼굴을 닦기 위해 곁에 있는 샘에 가서 얼굴을 비춰 보았습니다.

네로가 샘물에 한바탕 얼굴을 씻고 나자 파트라슈가 물을 마셨습니다.

"네로, 그런데 저 멋진 개는 못 보던 개네?"

알로아가 파트라슈를 보면서 말했습니다.

"수레를 끌던 파트라슈야. 숲에 버려진 것을 할아버지와 내가 보살펴 주었더니 건강해졌어."

"길에서 주웠다고?"

"응."

"네 눈에 띄었다면 운이 좋은 개로구나. 파트라슈의 눈빛을 보니 참 순한 개 같아."

"그렇지? 이제 우리와 한 가족이 되었으니 잘 돌봐 줄 생각이야."

"파트라슈가 좀 더 건강해져서 할아버지 대신 수레를 끌 수 있다면 정말 좋겠다."

알로아가 샘물에 손을 씻으며 말했습니다.

"파트라슈에게는 수레를 끌게 하고 싶지 않아. 오랫동안 수레를 끌었는지 파트라슈의 몸에는 가엾게도 가죽 끈 자국이 패어 있어."

"가엾어라. 그래, 네로의 친구가 되어 주는 것만으로도 고마운 일이지."

알로아가 파트라슈의 거친 털을 쓰다듬어 주면서 말했습니다.

파트라슈도 알로아가 좋은지 손등을 핥았습니다.

"네로, 그런데 어쩌면 이렇게 그림을 잘 그렸니? 마치 그림 속에서 파트라슈가 빠져나올 것만 같아."

알로아가 네로의 그림을 보고 감탄했습니다.

"물감이 있다면 더 좋은 그림을 그릴 수 있을 거야. 하지만 물감은 너무 비싸서……. 내가 좀 더 연습을 많이 해서 그림을 잘 그리게 되면 알로아 네 모습을 그리고 싶어."

그때 코끝에 빗방울이 하나둘 떨어지더니 비가 내리기 시작했습니다.

"우리 풍차 방앗간에서 비를 피하자."

알로아가 말했습니다.

"하지만 방앗간은 사람들이 분주하게 일하는 곳이잖아. 사람들을 방해하고 싶지 않아."

"며칠 전부터 날개에 문제가 생겨서 풍차가 돌지 않아. 나폴레옹 시대의 낡은 풍차라 너무 오래 돼서 그런지 자꾸 고장이 나. 지금 가면 아무도 없을 거야."

그러고 보니 며칠 전부터 풍차가 돌지 않았습니다. 풍차가 멈춰 있으면 어쩐지 바람도 멈춘 것처럼 마을에 생동감이 없었습니다.

일이 없어서 쉬기 때문에 풍차가 돌지 않는 줄 알았는데 고장이 났던 것이었습니다.

네로는 알로아의 뒤를 따라 풍차 방앗간을 향해 뛰어갔습니다. 파트라슈도 두 사람의 뒤를 따라 달려갔습니다. 네로와 알로아는 비를 피해 풍차 방앗간 안으로 들어섰습니다.

풍차 방앗간은 알로아의 아버지가 주인인데, 마을에 하나밖에 없어서 늘 사람들로 북적거렸습니다. 하지만 텅 빈 풍차 방앗간은 성당에 온 것처럼 조용하기만 했습니다.

두 사람을 따라 들어온 파트라슈는 여기저기 쌓여 있는 곡식 자루 옆에 얌전히 앉아서 빗물에 젖은 몸을 핥았습니다.

풍차 방앗간에 처음 들어와 본 네로는 톱니바퀴가 멈추어 쉬고 있는 모습을 자세히 관찰했습니다.

그러고는 곡식 가루가 먼지처럼 뽀얗게 쌓인 곳에 손가락으로 그림을 그려 보았습니다.

"네로, 넌 여기서도 그림을 그리는구나."

"풍차가 돌아가는 원리를 알고 싶어서 그래."

호기심 많은 네로가 미소를 지으면서 말했습니다.

"풍차 방앗간 안에는 처음 와 보니?"

"응, 돌아가는 풍차를 바라보면서 바람이 어떻게 풍차를 돌리는지 늘 궁금했어."

네로가 멈춰 선 톱니바퀴에 눈길을 주면서 말했습니다.

그때 문밖에서 사람들이 말하는 소리가 두런두런 들려왔습니다. 뒷문으로 통하는 나무 계단에 두 사람이 앉아 이야기를 주고받았습니다.

"코제츠 씨가 일하는 사람들에게 밀린 품삯을 주지 않아서 정말 큰일이에요."

"기다려 봐야지. 더 이상 끌진 않을 걸세."

"주인은 배불리 먹고 잘살면서 일하는 사람들에게는 품삯조차 미루고 주지 않으니 너무 불공평해요. 더 오래 끌면 일하는 사람들이 무슨 일을 저지를지도 몰라요."

네로와 알로아는 두 사람이 담배를 피우면서 이야기하는 소리를 들었습니다.

한 사람은 풍차 방앗간에서 곡식을 나르는 인부이고, 다른 한 사람은 낡은 풍차가 고장 났을 때마다 고치러 오는 수리공이었습니다.

네로는 알로아의 아버지가 이 마을에서 가장 부자라는 것은 알았지만 사람들에게 존경받지 못한다는 것은 모르고 있었습니다.

"네로, 비가 그쳤나 봐. 우리 밖에 나가 볼까?"

알로아는 네로가 있는 곳에서 아버지의 험담을 더 이상 듣고 싶지 않았습니다.

"그래, 파트라슈! 밖으로 나가자!"

네로와 알로아는 두 사람에게 들키지 않도록 조용히 풍차 방앗간을 나왔습니다.

비가 그치자 풍차 방앗간 지붕 위에 무지개가 떴습니다.

"네로! 무지개가 떴어!"

알로아가 방앗간 지붕 위에 뜬 무지개를 가리키면서 말했습니다.

"아, 정말! 아름다워!"

네로는 무지개를 바라보며 감탄을 하였습니다.

비 갠 뒤의 마을 풍경은 마치 수채화로 그린 그림처럼 맑고 아름다웠습니다.

"풍차를 배경으로 무지개가 뜬 마을 풍경을 그릴 수 있다면 얼마나 좋을까?"

네로는 아름다운 무지개를 보자 그리고 싶은 충동에 사로잡

혔지만, 검은 목탄으로는 무지개를 잘 표현할 수 없었습니다.

"물감이 있다면 무지개가 뜬 마을 풍경을 그릴 수 있을 텐데……."

네로는 손 지붕을 만들어 오래도록 무지개를 바라보면서 마음속에 그림을 그렸습니다.

"알로아!"

그때 알로아를 부르는 목소리가 들려왔습니다.

"알로아! 비가 오는데 어디 있었니? 너무 오랫동안 바깥바람을 쐬면 안 된단다."

알로아의 어머니였습니다.

"네, 엄마, 지금 곧 갈게요."

알로아는 어머니에게 들리도록 큰 소리로 대답했습니다.

"고마워, 네로. 다음에 만나! 파트라슈, 만나서 반가웠어."

알로아가 손을 흔들면서 말했습니다.

"잘 가, 알로아."

컹컹, 파트라슈도 알로아에게 인사를 하듯 짖었습니다.

알로아가 작별 인사를 하고 가 버리자 네로는 마음이 허전했습니다.

"알로아는 어머니가 있어서 좋겠구나."

네로는 어머니에 대한 어렴풋한 기억만 있을 뿐이었습니다. 그 기억을 잊지 않으려고 생각하면 할수록 어머니에 대한 기억은 점점 더 희미해졌습니다. 어머니 얼굴이 기억나지 않는다고 어머니가 보고 싶지 않은 것은 아니었습니다.

"어머니!"

네로는 하늘나라로 떠난 어머니 생각을 하면서 가만히 어머니를 불러 보았습니다.

수레를 끌고 싶은 파트라슈

밤마다 네로는 파트라슈가 잠들기를 기다렸다가 새근새근 숨소리가 들리면 그제야 잠자리에 들었습니다.

"할아버지, 개들도 꿈을 꾸나요?"

네로가 침대에 누우면서 말했습니다.

"개들은 개꿈을 꿀 테지. 살아 있는 모든 것들은 꿈을 꿀 거야."

"파트라슈가 주인에게 채찍으로 맞으며 짐수레를 끌던 나쁜 기억을 꿈꾸는 건 아닐까 걱정 돼요."

"파트라슈를 따뜻하게 보살펴 주면 결코 나쁜 꿈은 꾸지 않을 게다."

할아버지가 잠자리에 들면서 위로하듯 말했습니다.

네로가 꿈꾸는 것은 루벤스처럼 훌륭한 화가가 되는 것이었습니다. 네로는 아름다운 빛깔로 그림을 그리는 꿈을 꾸곤 했습니다.

그러나 할아버지는 네로가 그림 그리는 것을 좋아하지 않았습니다. 예술가가 되면 평생 가난하게 살아야만 한다는 것을 누구보다 잘 알기 때문이었습니다.

아침이 되면 헛간에서 잠자던 파트라슈는 어느새 네로의 침대 곁에 와서 엎드려 있었습니다.

"파트라슈! 언제 왔니?"

네로는 파트라슈의 머리를 쓰다듬어 주었습니다.

파트라슈도 아무도 없는 헛간보다는 네로가 있는 곳에서 함께 자는 것이 안심이 되는 것 같았습니다.

"파트라슈도 사람이 있는 곳이 그리운 게로구나. 이제부터는 파트라슈를 헛간에서 재우지 말고 우리와 함께 자도록 해야겠다. 허허허."

네로는 파트라슈가 나쁜 기억을 지울 수 있도록 정성을 다해 보살펴 주었습니다. 마치 파트라슈가 채찍을 맞으며 무거운 짐수레를 끌었던 일들이 오히려 꿈인 것처럼 생각될 만큼 온

정성을 다했습니다.

건강을 회복한 파트라슈는 할아버지와 네로의 모습을 가만히 지켜보았습니다. 할아버지는 불편한 다리를 절룩거리며 손수레로 마을 사람들의 우유 통을 실어다 주는 일을 하고, 금발 머리의 어린 손자는 할아버지 일을 도우면서 살아가고 있었습니다. 파트라슈는 어떻게 하면 할아버지와 네로를 도울 수 있을지 고개를 갸우뚱거리며 생각에 잠겼습니다.

이른 아침, 네로가 손수레에 우유 통을 싣고 있을 때 파트라슈가 수레의 손잡이 사이로 들어왔습니다.

"파트라슈! 방해하지 말고 저리 가거라. 어서!"

할아버지가 소리쳤지만 파트라슈는 마치 수레를 끄는 일은 자신이 할 일이라는 듯, 꼼짝도 하지 않았습니다.

"할아버지, 파트라슈가 수레를 끌고 싶

은가 봐요.”

“파트라슈! 넌 이제 짐수레를 끌지 않아도 돼. 네로와 친구가 되어 마음껏 뛰놀기만 하면 된단다.”

할아버지가 다정한 목소리로 타일렀지만 파트라슈는 꼬리를 흔들면서 생명의 은인에게 보답하겠다는 듯 손수레에서 꼼짝도 하지 않았습니다.

“녀석, 짐수레를 끌던 녀석이라서 하는 수 없구나.”

할아버지는 파트라슈에게 수레를 끌도록 했습니다. 진흙으로 울퉁불퉁한 길에서는 파트라슈가 힘들까 봐 네로가 뒤에서 수레를 밀었습니다.

‘고맙다, 파트라슈. 네가 도와준다면 사실 내게는 큰 힘이 된단다. 난 이제 너무 나이가 들어서 수레를 끄는 일이 몹시 힘이 드는구나.’

할아버지가 파트라슈의 머리를 쓰다듬으며 속으로 말했습니다.

할아버지는 하루가 다르게 건강이 나빠져 손수레를 끄는 일이 무척 힘에 부쳤습니다. 그래서 남몰래 한숨을 쉬는 날이 많아졌습니다.

“휴우, 식구가 하나 늘었으니 전보다 더 열심히 일을 해야 살아갈 수 있을 텐데……. 하지만 이렇게 힘이 들 때 파트라슈를 만난 것은 참 다행이야. 성모님의 은총일지도 모르지."

할아버지는 노을빛 하늘을 보면서 혼잣말로 중얼거렸습니다. 그날따라 하늘나라로 떠난 딸이 몹시도 그리웠습니다.

"내가 이토록 딸이 그리운데 네로는 얼마나 제 어미가 보고 싶을까?"

할아버지는 네로가 그토록 그림을 잘 그리는 것은 우연이 아니라는 것을 알고 있었습니다. 또한 예술가의 삶이 그리 평탄하지 않다는 것도 잘 알았습니다.

파트라슈와 함께라면

추운 겨울이 되자 할아버지는 불편한 다리에 류머티즘이 도져 더 이상 몸을 움직일 수 없게 되었습니다.

"할아버지, 걱정 마세요. 이제부터는 제가 파트라슈와 함께 우유 통을 나르겠어요."

아침 일찍 일어난 네로가 아침햇살처럼 힘찬 목소리로 말했습니다.

"어린 네가 어떻게 그 힘든 일을 할 수 있겠니?"

"하지만 할아버지, 이제 저도 다 큰걸요. 파트라슈와 함께라면 무슨 일이든지 할 수 있어요."

네로가 제법 의젓하게 말했습니다.

"그래, 그러고 보니 우리 네로가 그동안 많이 컸구나."

할아버지가 대견스러운 눈빛으로 네로를 바라보면서 말했습니다.

몸이 불편한 할아버지가 집에서 쉬는 동안 네로는 파트라슈와 함께 우유 통을 실어 날랐습니다. 네로는 할아버지를 따라다니면서 우유를 배달해야 할 집들을 외우고 있어 할아버지 대신 우유 통을 나르는 데 큰 어려움이 없었습니다.

"할아버지, 다녀오겠습니다!"

네로와 파트라슈가 일을 하러 나갈 때면 할아버지는 텃밭을 가꾸거나 창가에서 해바라기를 하면서 기다렸습니다.

때때로 이웃에 사는 미셸 할아버지를 만나 이야기를 나누기도 했습니다. 나무꾼인 미셸 할아버지는 가족들이 많아서 외롭지는 않았지만 제한다스 할아버지만큼 가난했습니다. 그래도 늘 콧노래를 부르면서 즐겁게 일했습니다.

네로는 할아버지 대신 우유 통을 나르는 일을 할 수 있어서 기뻤습니다.

"파트라슈! 할아버지 대신 우리 둘이서 함께 일을 할 수 있어서 정말 다행이야. 만일 네가 없었더라면 나 혼자서는 용기를 낼 수 없었을 거야."

파트라슈도 무거운 짐수레를 끌면서 채찍을 맞던 지난날을 생각하면 더없이 행복했습니다.

마을 사람들은 어린 네로가 파트라슈와 함께 할아버지 대신 우유 수레를 끌고 다니는 모습을 보면서 칭찬을 아끼지 않았습니다.

“개와 함께 수레를 끌면서 우유 배달을 하는 저 아이 좀 보세요.”

“저런, 이 추운 겨울에 저토록 힘든 일을 하다니. 쯔쯧, 가여워라…….”

“함께 다니던 할아버지는 요즘 통 안 보이시네요. 병이 나신 건 아닐까요?”

마을 아낙네들이 우유 통을 나르는 네로를 보면서 따뜻한 우유를 가져다주었습니다.

“얘야, 방금 짠 우유라서 따뜻하단다. 몸이 따뜻해질 거야.”

“고맙습니다, 아주머니.”

네로는 아주머니가 주신 우유를 파트라슈와 함께 나누어 마셨습니다.

“파트라슈! 따뜻한 우유야. 어서 마셔. 얼었던 몸이 훈훈해질 거야.”

네로와 파트라슈는 햇살이 따스하게 비치는 담 모퉁이에서 우유를 나누어 마셨습니다.

“네로야, 할아버지 대신 우유를 배달하러 왔구나! 원 기특하기도 하지.”

“그래, 할아버지 건강은 좀 어떠시냐? 많이 좋아지셨니?”

마을 사람들은 네로에게 친절하게 말을 건넸습니다.

“네, 많이 좋아지셨어요.”

녹색 우유 수레에 달린 방울 소리가 딸랑딸랑 울리면 누구라도 귀여운 우유 배달 소년이 온 것을 알 수 있었습니다.

“네로가 할아버지 대신 고생이 많구나.”

마을 사람들은 네로에게 따뜻한 마음으로 친절하게 대해 주면서 음식이나 땔감을 수레 위에 실어 주었습니다.

“네로야, 따뜻한 수프란다. 할아버지 갖다 드리렴. 그리고 류머티즘은 날씨가 추우면 더 심해진단다. 그러니 이 땔감으로 방을 따뜻하게 해 드리렴.”

“네, 정말 고맙습니다.”

네로는 마을 사람들에게 감사한 마음을 인사로 대신했습니다.

할아버지는 낮 동안에는 창가에서 해바라기를 하다가 저녁이면 네로와 파트라슈를 마중 나갔습니다.

“네로야, 이제 오느냐? 파트라슈도 힘들었지?”

할아버지가 파트라슈의 머리를 쓰다듬으면서 이들을 맞이했습니다.

“수레에 실린 게 다 무엇이냐?”

“네, 마을 사람들이 할아버지께 갖다 드리라고 실어 주었어요. 음식과 땔나무예요.”

“이런, 이렇게 고마울 데가…….”

할아버지는 마을 사람들이 보낸 음식으로 식탁 위에 저녁을 차렸습니다.

"네로야, 감사 기도를 드리고 저녁을 먹자구나."

네로가 식사 기도를 했습니다.

"날마다 우리에게 양식을 주시는 은혜로우신 성모님, 오늘도 따뜻한 음식을 주셔서 감사합니다. 아멘."

할아버지는 파트라슈에게도 따뜻한 수프와 빵을 주었습니다. 파트라슈는 네로와 한 가족이 되어 저녁 식사를 함께 했습니다.

"성모님, 우리에게 파트라슈를 보내 주셔서 정말 고맙습니다. 파트라슈가 우리와 별 탈 없이 오래도록 함께 살아갈 수 있도록 도와주소서."

할아버지가 성모님께 감사 기도를 올렸습니다.

옛 주인을 만난 파트라슈

플랜더스의 겨울은 유난히 추웠습니다. 사람들은 머지않아 닥쳐올 추위에 대한 월동 준비를 단단히 해 두었습니다.

하지만 할아버지와 네로가 사는 오두막집은 너무 가난해 준비할 것이 별로 없었습니다.

땔감이 없는 날이면 할아버지와 네로는 한 침대에서 서로의 체온에 의지해 몸을 녹이며 잠들어야 했습니다.

눈보라가 치는 추운 날에도 네로는 이른 새벽이 되면 파트라슈와 함께 꽁꽁 언 손을 비비며 우유 배달을 나갔습니다.

"파트라슈! 달리자! 달리면 추위가 좀 덜할 거야."

네로와 파트라슈는 눈보라를 헤치며 얼어붙은 들판 위를 달렸습니다. 날카로운 얼음 조각은 파트라슈의 발에 상처를 내기도 했습니다.

"네로야, 이렇게 추운 날에도 우유 배달을 나왔구나."

마을 사람들은 아무리 추운 날에도 네로와 파트라슈를 만날 수 있었습니다. 마을 아낙네들은 언제나처럼 네로에게 따뜻한 우유를 건네주었습니다.

네로는 파트라슈와 함께 따뜻한 우유를 나누어 마셨습니다. 따뜻한 우유를 마시면 추위에 꽁꽁 얼었던 몸이 봄눈처럼 녹았습니다.

파트라슈만 있으면 네로는 추위쯤은 거뜬히 이겨 낼 수 있었습니다. 파트라슈도 네로처럼 착하고 친절한 주인을 위해서는 무슨 일이든지 할 수 있었습니다.

파트라슈는 마을을 다니면서 가끔 모진 채찍질을 견디면서 무거운 수레를 끄는 플랜더스의 개들과 마주치곤 했습니다. 짐수레를 끄는 개들은 하루가 끝나 겨우 수레에서 풀려나면 주인의 발길에 차이거나 굶주림에 시달리며 지내야 했습니다. 짐수레를 끄는 개들과 마주칠 때마다 파트라슈는 지난날의 아픈 기억이 떠올랐습니다.

네로와 함께 지내는 동안 파트라슈도 배가 고픈 적이 없었던 것은 아니었습니다. 그런 날은 오두막집에 사는 세 식구가 모두 함께 끼니를 거른 날이었습니다. 그래도 파트라슈는 네로와 한 가족이 되어 사는 게 행복했습니다.

어느 날, 네로가 파트라슈와 함께 우유 배달을 마친 후, 빈 수레를 끌고 상점이 늘어선 앤트워프의 거리를 지나고 있을 때였습니다.

파트라슈가 어느 술집 앞에 놓여 있는 철물 장수의 짐수레를 발견하고 깜짝 놀라 꼬리를 감추면서 뒷걸음질을 쳤습니다. 철물 장수 수레는 파트라슈가 아닌 다른 개가 짐을 끌고 있었습니다. 그 개는 첫눈에 보기에도 채찍과 허기로 지쳐 보였습니다.

잠시 후, 술집에서 나온 주정뱅이 철물 장수가 파트라슈를 발견했습니다.

"파트라슈! 너 파트라슈가 틀림없지?"

철물 장수가 믿을 수 없다는 듯 눈을 비비면서 다시 파트라슈를 살펴보았습니다.

"이상한걸. 녀석은 분명히 죽어서 숲에다 버렸는데……. 파트라슈와 똑같이 닮은 녀석을 만나다니……. 내가 너무 취했나?"

철물 장수가 비틀거리며 술에 취한 목소리로 혼자 중얼거렸

습니다.

파트라슈는 옛 주인인 철물 장수를 보자 채찍으로 맞던 아픈 기억이 떠올랐습니다. 그러자 그 기억에서 가능한 한 멀리 달아나려는 듯 마구 달리기 시작했습니다. 만일 철물 장수에게 붙잡히면 다시 옛날처럼 무거운 짐수레를 끌면서 채찍으로 맞아야 하는 고단한 삶으로 돌아가야 할지도 몰랐습니다.

파트라슈는 무엇보다도 정든 네로와 헤어지는 게 죽기보다 싫었습니다. 그리고 죽어 가는 자신의 생명을 구해 주고 따뜻한 가족으로 맞이해 준 할아버지에 대한 고마움을 갚아야만 했습니다.

"파트라슈! 너 혼자 그렇게 달아나면 어떡하니?"

겨우 파트라슈의 뒤를 따라온 네로가 숨을 헐떡거리며 말했습니다.

뒤를 돌아다보니 철물 장수는 술에 취해서 더 이상 파트라슈를 따라오지 못했습니다. 파트라슈는 성당 앞에 이르자 겨우 멈추었습니다.

"파트라슈! 대체 왜 그렇게 혼자서 뛰어간 거니? 옛 주인이라도 만난 거야?"

성당 앞에서 겨우 파트라슈를 따라잡은 네로가 숨을 몰아쉬면서 말했습니다.

"아까 너를 알아보았던 바로 그 주정뱅이 아저씨가 바로 너를 버린 옛 주인이었구나!"

네로는 옛 주인을 만나자 화들짝 놀라 뒤도 돌아보지 않고 달아난 파트라슈를 생각하자 너무나 가여웠습니다.

"가엾은 파트라슈!"

주정뱅이 옛 주인은 파트라슈를 길에다 버릴 만큼 험상궂어 보였습니다.

"파트라슈! 너무 걱정하지 마. 그 주정뱅이가 옛 주인이라면 그 사람과 다시는 마주치지 않도록 조심하면 돼."

옛 주인의 얼굴을 알았으니 네로는 그 사람을 다시는 만나지 않도록 조심해야겠다고 생각했습니다.

이제는 파트라슈 없이 하루도 살 수 없을 것 같았습니다. 채찍으로 때리는 옛 주인에게 파트라슈를 다시 돌려보낸다는 것은 생각만 해도 끔찍했습니다.

"파트라슈! 걱정하지 마. 절대로 너를 주정뱅이 옛 주인에게 돌려보내지 않을 테니까."

네로가 파트라슈의 머리를 쓰다듬으면서 다짐하듯 말했습니다.

파트라슈의 몸값

네로는 앤트워프로 갈 때마다 주정뱅이 철물 장수를 만날까봐 마음이 조마조마했습니다.

파트라슈의 마음도 네로의 마음처럼 두려움에 떨렸습니다.

주정뱅이 철물 장수의 짐수레에서 덜그럭 소리가 나는 것은 오히려 고마운 일이었습니다. 네로는 그 소리가 들리면 골목길에 숨어 있다가 먼 길을 돌아갔습니다.

어느 날, 술집 앞에서 네로와 파트라슈는 철물 장수와 정면으로 맞닥뜨리고 말았습니다.

"파트라슈! 내가 너를 알아본 이상 너는 나한테서 멀리 도망칠 수 없다."

철물 장수가 파트라슈를 수레에서 빼앗아가려고 했습니다.

"파트라슈는 이제 더 이상 아저씨 개가 아니에요. 길에 버려진 개를 할아버지와 제가 보살펴서 살려 낸 개예요."

네로가 큰 소리로 외쳤습니다.

"난 파트라슈를 버린 적이 없다. 내가 얼마나 파트라슈를 좋아했는데……. 무거운 짐수레를 끄는 데는 파트라슈만 한 개가 없지. 자, 파트라슈, 이리 오렴. 내 말을 듣지 않으면 채찍 맛을 보여 주마. 그러면 누가 주인인지 알아차리겠지."

철물 장수가 채찍을 휘두르려 하는 순간, 파트라슈가 달려들어 술에 취한 옛 주인을 길바닥에 쓰러뜨렸습니다.

"파트라슈! 도망쳐!"

네로가 다급하게 소리쳤습니다.

"으으, 이런 배은망덕한 개 같으니라고. 주인을 몰라보고 달려들다니……. 두고 보자. 내 언젠가 꼭 파트라슈를 되찾고 말테니까."

철물 장수가 겨우 몸을 가누며 비틀비틀 일어섰습니다.

"이 거리의 사람들에게 길을 막고 물어보라고. 파트라슈가 누구 개였는지……. 술집 주인들이라면 누구보다 그 사실을 잘 알걸?"

철물 장수가 취한 목소리로 웅얼거렸습니다.

"어서 가자! 너도 나한테 달려들 테냐?"

철물 장수가 공연히 철물 수레를 끄는 개에게 채찍질을 해대면서 술집 골목을 빠져나갔습니다.

눈보라치는 저녁, 일을 마친 네로는 헛간에서 등불을 켜고 그림을 그리고 있었습니다.

파트라슈는 턱을 받치고 네로가 그림 그리는 것을 물끄러미 바라보았습니다.

"파트라슈, 내가 그리고 싶은 것은 아름다운 풍경이나 움직이지 않는 정물이 아니라 묵묵히 자신의 일을 하는 사람들이란다. 나무꾼 미셸 할아버지나 풍차 방앗간에서 일하는 사람들, 대장간에서 땀을 흘리면서 열심히 일하는 그런 사람들을 그리고 싶단다."

네로가 그림을 그리는 동안 누군가가 다급하게 오두막집의 문을 두드렸습니다.

"누구시오?"

할아버지가 등불을 들고 문을 열었습니다.

"실례합니다."

문을 두드린 사람은 놀랍게도 철물 장수였습니다. 개와 수레는 누군가에게 맡겼는지 혼자였습니다.

"나는 파트라슈의 주인이오. 이 집을 찾느라고 무척 헤매었소. 사람들에게 물어물어 겨우 찾아왔다고요."

철물 장수는 술이 깨었는지 또박또박 바른 말씨로 천천히 말했습니다.

"눈보라가 치니 일단 들어오시오."

할아버지는 파트라슈의 주인을 보자 가슴이 덜컥 내려앉는 것 같았지만 침착하게 말했습니다.

철물 장수는 난롯가에서 어깨 위에 쌓인 눈을 털었습니다.

헛간에서는 파트라슈가 옛 주인이 온 것을 알아차렸는지 끙끙거렸습니다.

"쉬잇, 파트라슈, 조용히 해. 옛 주인이 널 끌고 갈지도 몰라."

파트라슈는 네로의 말을 알아들었는지 조용히 있었습니다.

네로는 헛간에서 숨을 죽인 채 할아버지와 철물 장수가 이야기를 나누는 소리를 들었습니다.

"파트라슈가 숲에 버려지기 전까지는 댁의 개였을지 모르지만 지금은 아니오."

할아버지가 단호한 어조로 말했습니다.

"파트라슈가 철물 수레를 끌던 개라는 것은 앤트워프 사람이면 누구나 다 아는 사실이오. 술집 주인들에게 물어보면 누구보다 잘 알 것이오."

철물 장수가 거듭 강조하면서 말했습니다.

"당신이 말 못하는 개에게 마구 채찍을 휘두르는 몰인정한 사람이라는 사실도 앤트워프 사람이면 다 알 것이오."

할아버지의 목소리가 높아졌습니다.

"무슨 소리요. 나는 파트라슈를 버린 게 아니라 길에서 잠시 쉬도록 놔둔 것뿐이오. 그런데 돌아오는 길에 다시 와 보니 파트라슈가 감쪽같이 사라진 거요. 수레를 끌기엔 어린 개를 사서 지금까지 키운 지 벌써 두 해가 지났으니 나도 파트라슈와 정이 들 만큼 들었단 말이오."

철물 장수가 갑자기 슬픈 것처럼 울먹이듯이 말했습니다. 그 표정을 보면 마치 개를 무척이나 사랑하는 사람처럼 보였지만 할아버지는 이미 그의 행동이 거짓이라는 것을 잘 알고 있었습니다.

"파트라슈는 돌려줄 수 없소. 그 불쌍한 개가 또다시 채찍을 맞으며 무거운 철물 수레를 끌게 할 수는 없단 말이오. 당신이 원하는 것이 무엇이오?"

할아버지가 철물 장수에게 물었습니다.

"영감님, 정 파트라슈를 돌려주실 수 없으시다면 두 해 전 파트라슈를 산값이라도 치러 주시오. 정든 값이야 돈으로 계산할 수는 없으니 그건 받지 않겠습니다."

철물 장수가 갑자기 정중하게 말했습니다.

할아버지는 사랑하는 파트라슈의 값을 따져 묻고 싶지 않았습니다.

"알겠소. 잠시만 기다리시오."

할아버지는 미셸 할아버지가 만들어 준 나무 상자 속에 모은 돈을 꺼내 왔습니다.

"이 돈은 집세를 내려고 모은 것이지만 가져가시오. 다시는 파트라슈 앞에 나타나지 않았으면 좋겠소. 혹시 길에서 파트라슈와 마주치더라도 모른 척해 주길 바라오."

철물 장수는 파트라슈의 몸값을 생각보다 많이 받자 기분이 좋아졌습니다.

"하하하, 그럼요. 영감님 말씀을 따르도록 하겠습니다. 영감님의 손자가 그토록 파트라슈를 아껴 주니 저도 마음이 놓인답니다. 파트라슈에게 작별 인사를 못 하고 가서 서운하지만……."

철물 장수가 눈보라 치는 어둠 속으로 모습을 감추었습니다.

그날도 네로는 파트라슈와 함께 우유 통을 앤트워프에 날라다 주고 오는 길이었습니다. 혹시 주정뱅이 옛 주인을 만나게 될지 몰라서 네로는 두근거리는 마음으로 주위를 살피며 두리번거렸습니다.

할아버지가 철물 장수에게 파트라슈의 몸값을 지불했지만 두려움에 떨리는 마음은 떨쳐버릴 수가 없었습니다.

"파트라슈, 옛 주인을 만난다 해도 걱정 없어. 그러니까 두려움에 떨 필요 없어."

네로는 파트라슈에게 말했지만 그 말은 자기 자신에게 하는 말이기도 했습니다.

거리에 많은 구경꾼들이 모여서 웅성거렸습니다. 사람들은 술주정뱅이가 웅덩이에 빠져 허우적거리는 모습을 보고 있었습니다. 그 사람은 다름 아닌 주정뱅이 철물 장수였습니다. 술에 취한 철물 장수가 사람들에게 시비를 걸다가 얻어맞은 듯 얼굴에는 여기저기 상처가 나 있었습니다.

"다시는 우리 마을에 나타나지 마시오! 당신처럼 술이나 마시고 행패나 부리는 사람은 더 이상 용서할 수 없어! 에잇, 골칫덩어리 같은 사람!"

술집 주인이 철물 장수에게 소리쳤습니다.

철물 장수는 비틀거리면서 짐수레를 끌고 사람들 사이로 점점 멀어져 갔습니다.

그 후, 다시는 앤트워프 거리에서 술주정뱅이 철물 장수의 모습을 볼 수 없었습니다.

위대한 그림

앤트워프에는 바로크 풍의 건축 양식으로 지어진 오래된 성당이 많았습니다. 그중에서도 석조 건물로 지어진 대성당에는 루벤스의 그림이 걸려 있었고, 지하에는 위대한 화가 루벤스가 잠들어 있었습니다.

네로는 어쩐지 이 성당에 처음 왔을 때부터 낯설지가 않았습니다. 기억의 저편, 어린 시절 언젠가 한 번쯤 왔던 것만 같은 어렴풋한 생각이 들었습니다. 그 기억은 아련하게 너무 먼 기억이라 안개 속처럼 종잡을 수 없었습니다.

위대한 예술가의 영혼은 어디를 가더라도 거룩한 빛이 감돌게 해 초라한 것도 아름답게 보이게 했습니다. 강가를 지나도,

좁은 골목길을 지나도 위대한 예술가의 빛은 사람들에게 그가 본 것과 같은 아름다움을 보여 주었습니다.

만일 위대한 화가 루벤스가 없었다면 앤트워프는 떠들썩한 항구 도시에 지나지 않았을 것입니다. 그리고 세상 사람들에게 신성한 이름으로 불리는 성지가 될 수 없었을 것입니다.

앤트워프 사람들은 루벤스가 살아 있는 동안에는 그를 존경했으며, 그가 죽은 뒤에는 예술가의 위대함을 기리는 데 온 힘을 기울여 왔습니다.

"파트라슈, 여기서 기다려."

네로는 위대한 예술가의 그림이 걸려 있는 오래된 성당 안으로 들어갔습니다.

루벤스의 그림은 휘장으로 가려져 있어 그 그림을 보기 위해서는 은화 한 닢을 내야만 했습니다. 그러나 그날 하루의 땔감과 끼니를 이어 가기에도 벅찬 가난한 네로에게는 그림을 볼 수 있는 돈이 없었습니다.

'아아, 루벤스의 그림을 한 번만이라도 볼 수만 있다면…….'

십자가에 매달린 예수님을 중심으로 오른편에는 '성모 승천'이 걸려 있었고, 왼편에는 '십자가에서 내려지는 예수님'이 걸려 있었습니다.

네로는 십자가에 매달린 예수님 앞에 무릎을 꿇었습니다.

"예수님, 만일 예수님도 루벤스의 그림처럼 은화 한 닢을 내야만 볼 수 있었다면 가난한 저는 결코 예수님을 만나 볼 수 없었겠지요. 루벤스는 결코 돈을 받고 사람들에게 보이기 위해 그림을 그린 것은 아닐 거예요."

네로의 뺨에는 어느새 눈물이 흘러내렸습니다.

파트라슈는 추위 속에서 네로가 나오기를 한참 동안 기다렸습니다.

'대체 성당 안에 무엇이 있길래 네로가 그토록 가고 싶어 하는 것일까?'

네로가 성당 안에 들어간 것은 이번이 처음이 아니었습니다. 네로는 앤트워프에 와서 시간이 날 때면 성당 안에 들어갔다 오곤 했습니다. 그럴 때마다 파트라슈는 얌전히 성당 앞에서 네로를 기다렸습니다.

이윽고 성당 문밖으로 힘없이 걸어 나오는 네로의 모습이 보였습니다.

파트라슈는 그토록 슬프게 빛나는 네로의 눈을 한 번도 본 적이 없었습니다.

"파트라슈, 난 가진 돈이 없어서 루벤스의 그림을 볼 수 없단

다. 하지만 화가가 저 그림을 그렸을 때는 결코 가난한 사람들에게 보여 주지 않겠다는 생각은 하지 않았을 거야. 루벤스의 그림을 한 번만 볼 수 있다면 나는 죽어도 원이 없을 것 같아."

네로의 마음은 위대한 그림에 대한 상상으로 가득 차 있었습니다.

네로가 시간이 허락될 때마다 성당 안에 들어가는 것은 루벤스의 그림을 보기 위해서였습니다. 누군가 은화 한 닢을 내고 루벤스의 그림을 보기 위해 성당에 온다면 그 순간 네로도 위대한 그림을 숨어서 볼 수 있는 행운이 있을지 몰라서였습니다. 그러나 아직 네로에게 그렇게 운이 좋은 일은 한 번도 일어나지 않았습니다.

네로가 성당에 다녀온 날에는 파트라슈와 놀려고도 하지 않고 슬픈 생각에 잠긴 채 저 멀리 운하 쪽으로 펼쳐진 저녁놀을 하염없이 바라볼 뿐이었습니다.

커다란 개와 함께 손수레를 끌면서 우유를 배달하는 네로는 사람들에게 평범한 소년에 지나지 않았지만 그 마음은 커갈수록 그림에 대한 열정으로 불타고 있었습니다.

"네로야, 늦었구나."

할아버지가 수레에서 울리는 방울 소리를 듣고 마중 나왔습니다.

"그림을 보기 위해 또 성당에 다녀온 게로구나."

침울한 표정의 네로를 본 할아버지가 걱정스런 얼굴로 네로에게 말했습니다.

"젊은 시절에는 이 할애비도 그림을 꽤나 좋아했단다. 앤트워프의 작은 주막에 성녀가 그려진 한 폭의 그림이 걸려 있었지. 그 그림을 보기 위해 자주 그곳에 가곤 했단다. 그 그림은 아무도 거들떠보지 않는 흔한 그림이었지만 내 눈에는 루벤스의 그림보다 훌륭해 보였단다. 그 그림은 휘장으로 가려진 루벤스의 그림보다 더 많은 사람들에게 보여졌고, 또 그만큼 많은 사람들에게 위안을 주기도 했지. 루벤스가 위대한 화가인 것은 알지만 돈을 내야만 볼 수 있는 그런 그림이라면 구태여 볼 필요는 없단다. 그러니 그림 같은 건 잊어버려라. 우리 같은 사람들은 땅을 사서 농사를 짓는 농부가 되어야 해. 그것만이 가난에서 벗어날 수 있는 길이란다."

오랜 세월 동안 힘겹게 살아온 할아버지는 가난이야말로 가장 견디기 힘든 것이라는 걸 누구보다 잘 알았습니다. 할아버지는 이제 너무 나이가 들어 가난에서 벗어날 수 없지만 네로에게는 보다 나은 삶을 살도록 해 주고 싶었습니다. 할아버지도 네로에게 그림을 그리는 재능이 있다는 것을 일찍부터 알았지만 화가가 되면 평생 가난에서 헤어나지 못한다는 것을 누구보다 잘 알았습니다.

"네로야, 이젠 너도 열다섯 살이다. 네가 어른이 되었을 때, 이 오두막집과 우유 배달을 하는 일에 만족하지 마라. 네 스스로 땅을 마련해 경작하는 사람들로부터 '주인님'이라고 불리는 사람이 된다면 이 할애비도 안심하고 눈을 감을 수 있을 게야."

플랜더스 사람들은 그 무엇보다도 땅을 경작해 한 평의 땅이라도 더 늘리며 사는 게 소박한 꿈이었습니다.

그러나 네로의 꿈은 오두막집보다 좀 더 나은 집에서 살면서 땅을 경작하고 자신과 별 차이가 없는 가난한 사람들로부터 '주인님'으로 불리는 게 결코 아니었습니다.

'할아버지, 제 꿈은 땅 주인이 되는 게 결코 아니에요. 아무리 가난해도 루벤스처럼 훌륭한 화가가 되는 게 바로 제 마음속에 불꽃처럼 타오르는 꿈이랍니다.'

네로는 마음속으로 이렇게 혼자 속삭였습니다.

"파트라슈! 너만은 내 마음을 알아주겠지."

파트라슈만이 나무로 만든 작은 침대 위에서 올리는 네로의 기도를 들었습니다.

"성모님! 할아버지는 농부가 되는 것만이 가난에서 벗어나는 길이라고 하시지만 제 마음속에서 간절히 원하는 것은 오직 루벤스처럼 훌륭한 화가가 되는 것이랍니다."

늙은 파트라슈는 네로의 뜨거운 눈물이 주름진 이마 위로 떨어지는 것을 느꼈습니다.

앤트워프 대성당

마을 언덕 위에 서 있는 빨간 풍차는 산들바람을 감고 힘차게 돌았습니다. 마을 사람들은 힘차게 돌아가는 풍차를 보면서 생동감을 느끼며 자신들도 힘을 내 열심히 일을 했습니다.

알로아의 아버지는 밀을 빻는 방앗간을 갖고 있을 뿐 아니라 넓은 목장과 밀밭도 갖고 있어 플랜더스 지방에서는 손꼽히는 부자였습니다.

검은 눈동자가 매력적인 알로아는 열두 살밖에 되지 않았지만 그 지방 사람들은 벌써부터 예쁘고 마음씨 착한 알로아를 신붓감으로 점찍어 놓기도 했습니다.

네로가 우유 배달을 마치고 방울 소리를 울리며 풍차 방앗간 앞을 지날 때면 알로아가 덧문이 달린 창가에서 손을 흔들어 주곤 했습니다.

"네로!"

"파트라슈!"

알로아는 그 누구보다 네로와 파트라슈를 소중한 친구로 생각했습니다.

우유 배달이 일찍 끝나면 네로와 알로아는 파트라슈와 함께 언덕이나 들판을 거닐었습니다.

"파트라슈! 너무 멀리 가면 안 돼!"

네로가 알로아와 이야기를 하는 동안 파트라슈는 고삐 풀린 망아지처럼 마음껏 들판을 뛰어다녔습니다.

"네로, 넌 어른이 되면 무엇이 되고 싶니?"

산들바람에 검은 머리카락을 날리며 알로아가 물었습니다.

"난 루벤스처럼 훌륭한 화가가 되고 싶어. 할아버지는 땅 한 평이라도 가진 농부가 되어야 가난에서 벗어날 수 있다고 하시지만 내 안은 그림을 그리고 싶은 마음으로 꿈틀거리고 있어. 지금은 물감과 붓이 없어서 마음껏 그림을 그릴 수가 없지만 언젠가는 아름다운 네 모습을 그림으로 그리고 싶어."

네로가 아름다운 알로아의 모습을 바라보면서 말했습니다.

네로는 알로아의 검은 눈동자를 볼 때마다 검은 머리카락과 참 잘 어울린다고 생각했습니다.

플랜더스에는 예로부터 알로아처럼 검은 눈동자를 가진 사람들이 많았습니다. 그 이유는 플랜더스가 오래전에 스페인의 지배를 받던 땅이라는 흔적을 말해 주는 것이기도 했습니다.

"네로, 꿈을 꾸는 사람은 바로 너야. 네가 꿈을 저버리지 않는 한 꿈이 너를 저버리는 일은 없을 거야. 언젠가 화가가 되고 싶은 네 꿈이 꼭 이루어지길 나도 빌게."

알로아가 검은 눈동자를 반짝이며 말했습니다.

"알로아, 넌 어떤 사람이 되고 싶니?"

네로가 물었습니다. 풍차 언덕의 산들바람이 네로의 금발 머리를 헝클고 지나갔습니다.

'네로, 난 네가 농부가 된다면 농부의 아내가 되고 싶어. 그리고 네가 화가가 된다면 네 뒷바라지를 하는 화가의 아내가 되고 싶어.'

알로아 눈동자는 이렇게 말하고 있었지만 알로아는 그저 조용히 미소만 짓고 있었습니다.

"아버지는 내가 땅을 많이 가진 부자와 결혼해서 풍차 방앗간을 물려받길 원하셔. 하지만 난……."

알로아가 작은 한숨을 쉬며 말을 잇지 못했습니다.

"알로아, 너랑 함께 가고 싶은 곳이 있어. 함께 가 주겠니?"

"거기가 어딘데?"

"앤트워프, 그곳에 가면 아름다운 성당이 있어. 바로 위대한 화가 루벤스의 그림이 걸려 있는 곳이지. 그런데 이상한 것은 그 성당이 처음부터 낯설지 않다는 거야. 마치 언젠가 그 그림을 본 적이 있는 것만 같은 착각에 빠지곤 해."

네로는 알로아와 함께 파트라슈를 데리고 루벤스의 그림이

있는 앤트워프의 대성당으로 향했습니다. 그 성당은 바로 네로의 부모가 결혼식을 올리고 네로가 태어났을 때 세례를 받던 곳이라는 것을 네로는 알 길이 없었습니다.

앤트워프로 향하는 그 길은 네로와 파트라슈가 우유 통을 배달하기 위해 날마다 다니는 길로 눈을 감고도 갈 수 있는 익숙한 길이었습니다.

저녁 미사가 끝나고 성당 안에는 고요한 정적만이 남아 있었습니다.

"파트라슈, 너는 성당에 들어갈 수 없다는 거 잘 알지? 미안하지만 밖에서 기다려 주렴."

네로가 파트라슈에게 말했습니다.

파트라슈는 네로의 말을 잘 알아듣고 돌계단에 얌전히 앉아 있었습니다.

네로는 알로아와 함께 성당 안으로 들어갔습니다.

"알로아, 휘장으로 가려져서 루벤스의 위대한 그림은 볼 수 없지만 예수님의 성상 오른쪽에 걸린 그림이 '성모 승천'이고, 왼쪽 그림이 '십자가에서 내려지는 예수님'이란 그림이란다."

네로는 마치 그 그림들을 보기라도 한 것처럼 알로아에게 설명해 주었습니다.

"알로아, 바로 이 성당 지하에 위대한 루벤스가 잠들어 있다니 정말 놀랍지 않니? 나는 은화 한 닢이 없어서 루벤스의 그림은 볼 수 없지만 이 성당에 오면 위대한 화가의 기운이 느껴지는 것만 같아. 이곳에 내가 자주 오는 것도 바로 그 때문이란다."

네로가 휘장으로 가려진 루벤스의 그림들을 바라보면서 말했습니다.

네로는 알로아와 함께 성상 앞에 무릎을 꿇고 자신들이 가진 꿈에 대해 마음속으로 기도를 올렸습니다.

"루벤스의 그림은 가릴 수 있어도 그분의 위대함은 한 조각 천으로 가릴 수 없어. 그건 마치 푸른 하늘을 손바닥으로 가리는 것과 같아."

네로가 그림을 바라보면서 말했습니다.

"네로, 네 말이 옳아. 앤트워프는 예로부터 화가들이 많이 나온 도시야. 루벤스의 제자인 반 아이크도 이 도시 사람이지. 너도 그들처럼 훌륭한 화가가 될 거야."

알로아가 네로에게 힘을 북돋아 주었습니다.

"알로아, 고마워. 내 꿈을 이해해 주는 친구가 곁에 있어서 얼마나 힘이 되는지 몰라. 역시 네게 내 꿈을 말하길 잘했어.

너를 실망시키지 않기 위해서라도 내 꿈을 향해 힘껏 날개를 펼쳐 볼 테야!"

알로아와 함께 성당 밖으로 나온 네로가 푸른 하늘에 솟은 대성당의 첨탑을 올려다보면서 다짐하듯 말했습니다.

"네로, 너는 네가 꿈꾸는 대로 훌륭한 그림을 그리는 화가가 될 거야. 꿈을 꾸는 순간 하늘도 움직인다고 하잖아."

알로아의 말에 네로는 새로운 용기를 얻었습니다.

네로는 비록 루벤스의 그림은 볼 수 없었지만 알로아와 함께 대성당을 방문하게 되어 기뻤습니다. 알로아에게 자신의 꿈을 자신 있게 보여줄 수 있었기 때문이었습니다.

"파트라슈! 기다리느라고 힘들었지?"

네로는 계단에서 기다리고 있는 파트라슈를 불렀습니다.

"파트라슈! 어두워지기 전에 어서 가자. 할아버지가 기다리시겠다."

네로와 알로아는 파트라슈와 함께 발걸음을 재촉했습니다.

네로가 그린 그림

알로아와 네로는 파트라슈와 함께 풍차가 보이는 언덕에서 검은콩을 따기도 하고 들꽃을 한 아름 꺾어 꽃다발을 만들기도 했습니다. 알로아는 파트라슈에게 꽃목걸이를 만들어 주고 네로는 들꽃을 꺾어 알로아의 머리를 아름답게 장식했습니다. 아름다운 꽃으로 꾸며진 알로아는 동화 속 공주님처럼 아름다웠습니다.

"알로아, 이렇게 아름다운 네 모습을 그릴 수 있다면……."

그림 도구가 없는 네로는 널빤지를 구해 숯덩이로 풍차 언덕을 배경으로 앉아 있는 알로아를 그렸습니다. 알로아의 무릎 위에는 파트라슈가 턱을 받치고 누웠습니다.

네로는 그림 그리기에 열중하느라고 등 뒤에 누군가 서 있는 것을 알아채지 못했습니다. 그 사람은 바로 알로아의 아버지 코제츠 씨였습니다.

코제츠 씨는 네로의 그림을 보고 마음속으로 깜짝 놀랐습니다. 네로가 그린 그림은 알로아와 꼭 닮았습니다.

"알로아, 여기서 뭐 하니? 어머니가 찾으시니까 어서 가 보아라."

코제츠 씨가 엄한 목소리로 꾸짖듯이 말했습니다.

"네로! 누가 함부로 알로아를 그리라고 했니?"

코제츠 씨가 널빤지에 그린 그림을 빼앗아 휙 집어던지려다 말고 멈칫했습니다. 알로아와 꼭 닮은 초상화를 던져 버리기엔 아까운 생각이 들었습니다.

"네로! 다시는 알로아를 불러내지 마라. 이렇게 노닥거릴 시간이 있으면 늙으신 할아버지를 도와드리도록 해라. 그리고 이 그림은 내가 가져갈 테다. 대신 이 돈을 받아라."

코제츠 씨가 네로에게 은화 한 닢을 내밀면서 말했습니다.

"돈은 받지 않겠습니다. 저는 돈을 받기 위해 그림을 그린 게 아니니까요."

네로는 코제츠 씨가 주는 은화를 거절했습니다.

"돈을 거절하다니 참 이상한 아이로구나."

코제츠 씨는 괘씸한 생각이 들자 네로를 더욱 못마땅하게 생각했습니다.

"파트라슈! 어서 집으로 가자!"

네로는 파트라슈와 함께 목장의 들판을 가로질러 달려갔습니다.

"파트라슈! 그 돈만 있으면 대성당에 걸려 있는 루벤스의 그림을 볼 수 있었을 거야. 하지만 난 돈을 받고 알로아의 그림을 팔고 싶지는 않았어."

네로가 파트라슈에게 하소연하듯이 말했습니다.

파트라슈는 네로의 마음을 이해한다는 듯이 끙끙거렸습니다.

네로의 눈가에는 어느새 맑은 눈물이 맺혀 있었습니다.

집에 돌아 온 코제츠 씨는 화가 잔뜩 난 목소리로 아내에게 말했습니다.

"알로아가 네로와 어울리지 못하도록 해요. 아이들이 크면 나중에 말썽이 날지도 모르잖소."

"하지만 네로는 착하고 성실한 아이예요. 당신도 네로를 어렸을 때부터 지켜보지 않았어요?"

알로아의 어머니가 네로를 두둔하면서 말했습니다.

코제츠 씨가 손에 든 널빤지 그림을 알로아의 어머니에게 건네주었습니다.

"어머, 우리 알로아를 그린 그림이네요."

알로아의 어머니는 그림을 보자 깜짝 놀라면서 벽난로 위에 올려놓았습니다.

"어쩌면 우리 알로아의 모습을 이렇게 훌륭하게 잘 그렸을까? 아마 네로는 나중에 훌륭한 화가가 될 거예요."

알로아의 어머니가 감탄하면서 말했습니다.

"난 우리 딸이 고아나 다름없는 가난뱅이와 어울리는 게 싫소. 게다가 그림을 그린다니 평생 가난에서 벗어나지 못할 거요. 만일 네로와 어울리게 그냥 내버려 둔다면 알로아를 수도원에 맡겨 버릴 생각이니 그리 아시오!"

코제츠 부인은 남편의 말에 가슴이 철렁 내려앉았습니다.

"알로아를 수도원으로 보낼 수는 없어요."

코제츠 부인은 가난하다는 이유만으로 다정하게 지내는 두 사람을 갈라놓기 위해 알로아를 먼 수도원으로 보낼 수는 없었습니다.

"그럴 수 없다면 알로아가 밖에 나가 네로 같은 아이와 어울리지 않도록 잘 단속하시오."

코제츠 씨가 못을 박듯이 단호하게 말했습니다.

그 일이 있은 후, 알로아의 집 창문은 굳게 닫혀 있었습니다.

풍차 방앗간 앞을 지날 때마다 파트라슈가 창문을 향해 컹컹 짖어 보았지만 닫힌 창문은 열리지 않았습니다.

'알로아가 감기에 걸린 걸까?'

알로아는 방울 소리를 들을 때마다 네로가 지나간다는 사실을 알았지만 창문이 열리지 않아 네로를 볼 수 없었습니다. 모든 창문이 열리지 않도록 코제츠 씨가 덧문을 단단히 닫아 놓았기 때문이었습니다.

알로아의 생일 파티

며칠이 지나 알로아의 생일이 되었지만 네로는 초대 받지 못했습니다.

해마다 알로아의 생일이면 알로아의 어머니는 네로를 초대해 정원의 테이블 위에 손수 만든 생일 케이크와 푸짐한 음식을 차렸습니다.

우유 배달을 마치고 돌아온 네로는 파트라슈와 함께 작고 어두운 오두막집에서 딱딱한 빵으로 저녁을 때우고 있었습니다.

풍차 방앗간 집에서 들리는 웃음소리와 노랫소리가 바람에 실려 오자 네로는 귀를 막고 싶었습니다.

"네로, 오늘은 알로아의 생일이 아니냐?"

할아버지가 시무룩한 얼굴을 한 네로를 보면서 물었습니다.

"네, 할아버지, 그렇지만 저는 초대 받지 못했어요."

네로는 알로아와 함께 있을 때 코제츠 씨와 만났던 이야기를 할아버지께 말씀드렸습니다.

"그래서 코제츠 씨가 준 은돈을 받지 않았단 말이지?"

"네, 할아버지."

"그래, 코제츠 씨에게 돈을 받지 않은 건 잘한 일이다."

할아버지가 네로의 어깨 위에 손을 얹으며 말을 이었습니다.

"네로야, 우리는 가난한 사람이란다. 신이 내려 주시는 축복을 아무것도 받지 못했지. 가난한 사람들은 자기가 좋아하는 것을 고를 수가 없단다. 하지만 아무리 가난한 사람이라도 위대한 사람이 된다면 모든 것을 바꿀 수가 있단다."

할아버지의 말에 네로는 미래를 꿈꾸며 상상의 날개를 펼쳐 보았습니다.

유명한 화가가 되어 멋진 옷을 차려 입고 고향에 돌아온 네로가 알로아의 생일날, 풍차 방앗간 집을 방문합니다.

"여러분, 모두들 안녕하세요?"

네로가 알로아의 생일에 초대 받은 사람들에게 인사를 드립

니다.

“어머! 네로, 드디어 화가가 되어 네 꿈을 이루었구나! 네 명성은 이곳에서도 소문이 자자하단다.”

숙녀가 된 알로아가 네로를 보고 반갑게 맞이합니다.

“알로아, 생일 축하해.”

네로가 생일 선물로 준비한 반지를 꺼냅니다. 알로아의 손가락에 네로가 반지를 끼워 줍니다.

“가난한 오두막집 네로가 이렇게 성공을 하다니……. 그동안 자네를 알아보지 못해서 미안하네. 그리고 이렇게 우리 집을 방문해 줘서 정말 고맙네.”

알로아의 아버지 코제츠 씨가 웃음을 지으며 네로를 반가이 맞이합니다.

“네로, 정말 반갑구나. 난 네로가 알로아의 그림을 그려 줄 때부터 훌륭한 화가가 될 줄 알고 있었단다.”

코제츠 씨 아내가 환하게 미소를 지으며 말합니다.

“코제츠 씨, 알로아를 제 아내로 맞이하고 싶습니다. 부디 허락해 주시지요.”

멋진 옷을 차려입은 네로가 정중한 태도로 알로아의 아버지께 부탁합니다.

"네로처럼 유명한 화가가 사위가 된다면 오히려 우리 가문의 영광일세."

코제츠 씨가 흔쾌히 승낙을 합니다.

드디어 네로는 마을 사람들이 지켜보는 가운데 아름다운 신부 옷을 차려입은 알로아와 함께 루벤스의 그림이 걸려 있는 앤트워프 대성당에서 결혼식을 올립니다. 종탑에서는 결혼식을 축복하는 종소리가 울리고 루벤스의 그림은 결혼식에 온 손님들을 위해 휘장이 내려져 많은 사람들이 위대한 그림을 보면서 감탄해 합니다.

"여러분, 위대한 그림은 누구나 볼 수 있어야 합니다."

네로가 결혼식에 온 하객들에게 루벤스의 그림을 보여 주면서 말합니다.

이윽고 결혼식 축제가 벌어지고 악사들은 아름다운 음악을 연주합니다. 신랑이 된 네로는 신부가 된 알로아와 함께 춤을 춥니다. 초대 받지 못한 마을 사람들이 성공한 네로의 모습을 보기 위해 모여듭니다.

"저 위대한 화가가 바로 어릴 적에 우유 통을 배달하던 사람이었대."

"길에서 주은 개 덕분에 겨우 먹고 살던 가난한 아이가 저렇게 훌륭한 사람이 되었단 말이야?"

"저렇게 성공할 줄 알았으면 네로와 수레를 끄는 개에게 좀 더 친절하게 대해 줄걸 그랬지."

"집세가 밀렸다고 다그치며 독촉하지 말걸 그랬어."

할아버지는 마치 루벤스의 그림 속 모피를 입은 노인처럼 잘 차려입었고, 파트라슈에게는 금으로 장식된 목걸이가 걸려 있습니다.

"당신에게 파트라슈는 어떤 개였나요?"

누군가 네로에게 질문합니다.

"파트라슈는 어린 시절, 저에게 단 하나밖에 없는 진정한 친구였답니다. 제가 기쁠 때나 슬플 때나 한결같이 좋은 친구가 되어 주었죠."

하얀 대리석 궁전을 지어 집 없는 가난한 사람들을 살게 하고 네로는 빛이 잘 들어오는 넓은 방을 커다란 화실로 꾸며 마음껏 그림을 그립니다.

네로가 그린 그림 속의 인물들은 높은 지위를 가진 사람이나 귀부인이 아니라 열심히 일하는 사람들의 모습입니다.

"저는 부자나 명예가 있는 사람들에게 그림을 그려 달라고 부탁 받은 그림은 그리지 않을 것입니다. 저는 제 마음속에 오랫동안 담아 두었던 것을 자유롭게 그릴 것입니다. 제 그림의 소재는 사람들로부터 소외당한 가난한 사람들입니다. 나무를 하는 나무꾼이나 풍차 방앗간에서 일하는 사람들, 들판에서 이삭을 줍는 사람들, 대장간에서 땀을 흘리면서 일하는 사람들……. 소박한 그들에게는 부자나 지위가 높은 사람들에게는 느낄 수 없는 고귀함이 깃들어 있습니다."

"하지만 누가 일하는 사람들의 그림을 벽에 걸어 놓으려고 하겠습니까?"

누군가가 다시 네로에게 묻습니다.

"저는 유행에 편승하며 사람들에게 팔기 위한 그림은 그리지 않을 것입니다. 부자든 가난한 사람이든 그림을 보면 가슴 두근거리면서 감동할 수 있는 그림을 그리고 싶습니다."

사람들이 네로에게 소나기 같은 박수를 보냅니다. 가난한 사람들이 위대한 화가가 된 네로를 칭송하며 일제히 감사함을 전합니다.

"네로, 정말 고맙다. 네가 이토록 성공을 하다니……. 플랜더스를 빛나게 한 위대한 화가가 되었구나."

그때 네로가 다음과 같이 말을 합니다.

"여러분, 저에게 감사할 필요 없습니다. 그 감사는 루벤스에게 전해 주세요. 만일 위대한 루벤스가 이 땅에 없었더라면 저는 이 자리에 없었을지도 모릅니다."

상상의 나래를 펼치던 네로가 정신을 차리고 창밖을 내다보았습니다. 풍차 방앗간 집에는 창문마다 불이 환하게 켜져 있었습니다. 밤공기에 아름다운 음악 소리와 함께 웃음소리가 실려 왔습니다. 네로의 뺨 위로 뜨거운 주르륵 눈물이 흘러내렸습니다.

네로의 비밀

오두막집 헛간에는 빛이 환하게 쏟아져 들어왔습니다. 그곳은 파트라슈와 네로만이 아는 비밀 장소였습니다. 초라하고 보잘것없는 곳이었지만 네로는 작은 공간을 말끔하게 정돈해 그림을 그릴 수 있는 화실로 꾸몄습니다.

네로는 나무토막을 주워 이젤을 만들고 조금씩 굶으면서 모은 돈으로 앤트워프의 화구 파는 상점에서 겨우 종이를 사서 그림을 그리기 시작했습니다.

네로가 그리는 그림은 쓰러진 나무 위에 걸터앉아 있는 한 노인의 모습이었습니다. 그 노인은 나무꾼 미셸 할아버지였습니다. 미셸 할아버지는 저녁놀이 질 무렵이면 그렇게 나무 위에 앉아 지는 놀을 하염없이 바라보곤 했습니다. 네로는 미셸 할아버지의 모습을 볼 때마다 그림으로 그리고 싶은 마음이 샘솟았습니다.

네로는 그림의 구도나 원근법 같은 것을 배운 적은 없지만 고요하고 쓸쓸한 모습과 고된 일로 지친 노인의 모습을 섬세하게 그릴 수 있었습니다.

네로가 그린 미셸 할아버지의 모습은 마치 한 편의 시처럼 슬프고 아름다웠습니다. 서툴긴 해도 마치 살아 있는 듯 생생한 모습이었습니다.

"파트라슈! 내가 그림을 그리는 동안 놀아 주지 못해서 미안해."

네로는 그림을 그리다 말고 파트라슈의 목덜미를 쓰다듬으면서 말했습니다.

파트라슈는 네로가 하는 일이라면 무슨 일이든지 이해할 수 있다는 표정이었습니다. 우유 배달이 끝나면 파트라슈는 네로의 발밑에 조용히 엎드려서 그림이 완성되어 가는 모습을 지켜보았습니다. 파트라슈는 네로가 그림에 모든 희망을 걸고 있다는 것을 알아차렸습니다.

화가 루벤스가 태어난 고장인 앤트워프에서는 해마다 위대

한 화가를 기념하기 위한 미술 대회가 열렸습니다. 18세 이하의 소년이라면 누구든 그림을 출품할 자격이 있었습니다. 미술 대회에서 입상을 하면 상금뿐만 아니라 화가의 길로 들어설 수 있는 영광을 얻을 수가 있었습니다.

"파트라슈! 난 이 그림에 모든 것을 걸었단다. 심사 위원들이 모두 훌륭한 화가라니까 내 그림을 보면 얼마나 열심히 그렸는지 알 수 있을 거야. 아, 루벤스가 살아 있다면 얼마나 좋을까? 루벤스가 심사한다면 내 그림을 눈여겨봐 줄지도 모를 텐데……."

눈보라 치는 겨울 날 새벽, 네로는 드디어 완성된 그림을 수레 위에 실었습니다.

그런데 놀랍게도 네로는 그날 새벽, 마을 사람들로부터 미셸 할아버지가 돌아가셨다는 소식을 들었습니다.

"미셸 할아버지께서 돌아가시다니……."

새벽 종소리가 울리자 네로는 미셸 할아버지의 명복을 빌었습니다.

우유 배달을 다 마친 네로는 파트라슈와 함께 앤트워프 공회당에 그림을 제출하기 위해 갔습니다.

"파트라슈, 행운을 빌어 주렴. 어쩌면 내 그림은 형편없을지도 몰라. 게다가 물감이 없어서 채색도 하지 못한 미완성 그림이야.”

막상 그림을 제출하고 나자 자신이 없어진 네로는 걱정이 앞섰습니다. 그림 공부도 제대로 하지 못한 가난뱅이 소년이 그린 그림이 위대한 화가들의 눈에 띈다는 것은 쉬운 일이 아니라는 생각이 들었습니다.

그러나 대성당 앞을 지날 때, 네로는 다시금 용기를 되찾았습니다. 화가 루벤스가 나타나 네로의 귀에 부드러운 목소리로 속삭이는 것만 같았습니다.

“네로, 용기를 내렴. 세상에는 쉬운 일이 없단다. 앤트워프에 내 이름을 남기기까지 나 자신도 오랫동안 고통의 시간을 참고 견뎌 냈단다.”

네로는 상상만으로도 커다란 위로를 받으면서 그림자가 드리워진 어두운 골목길을 지났습니다.

‘그래, 나는 최선을 다했으니까 이제 모든 건 하늘의 뜻에 맡길 수밖에 없어.’

며칠 동안 함박눈이 계속해서 내리자 온 세상이 하얗게 변했습니다. 늙은 파트라슈가 이른 새벽 칼바람이 몰아치는 얼어붙은 눈길에서 우유 수레를 끄는 일은 여간 힘든 일이 아니었

습니다. 네로가 점점 씩씩한 젊은이가 되어 갈수록 파트라슈는 나이가 들어 하는 일이 점점 힘들어지기만 했습니다. 파트라슈는 아무리 힘이 들고 지쳐도 쉬려고 하지 않았습니다.

바퀴 자국이 깊게 난 길이 그대로 얼어붙어 수레가 앞으로 나가지 못하면 네로가 힘껏 밀어 파트라슈가 힘들지 않도록 도와주곤 했습니다.

"파트라슈, 넌 수레를 끌기엔 너무 늙었어. 이젠 할아버지와 함께 집에서 쉬도록 해. 난 힘이 세어졌기 때문에 혼자서도 거

뜬히 수레를 끌 수 있단다.”

파트라슈는 가끔 눈앞이 희미해지고 아침에 일어나는 일이 힘들어 쉬어야 할 날이 머지않았음을 느끼고 있었습니다. 그러나 성당의 새벽 종소리가 울리면 늘 그랬던 것처럼 네로를 깨우는 일을 잊지 않았습니다.

할아버지는 늙은 파트라슈의 모습을 측은한 마음으로 지켜보았습니다.

“가엾은 파트라슈! 머지않아 나와 함께 무덤에서 편히 쉬게 될 게야.”

파트라슈를 지켜보는 할아버지가 주름진 손길로 파트라슈의 등을 쓰다듬으면서 혼자 중얼거렸습니다.

“파트라슈, 그런데 너와 내가 이 세상을 떠나면 누가 가엾은 네로를 보살펴 주겠니?”

할아버지가 슬픈 눈빛으로 파트라슈에게 나지막이 속삭였습니다.

누명을 쓴 네로

눈보라 치는 추운 겨울날이 계속되었습니다. 우유 배달을 마친 네로와 파트라슈는 앤트워프에서 돌아오면서 대리석처럼 꽁꽁 언 길바닥에 떨어져 있는 인형을 발견했습니다.

"누가 잃어버린 걸까?"

네로는 길바닥에 떨어진 조그만 인형을 주어 들었습니다. 탬버린을 들고 춤을 추는 인형은 금빛으로 장식되어 특별한 느낌이 들었습니다.

"정말 귀여운 인형인걸. 알로아를 닮았어."

그 인형을 보자 네로는 알로아의 모습이 머릿속에 떠올랐습니다.

'알로아에게 주면 기뻐할 거야.'

네로는 파트라슈와 함께 덜컹거리는 빈 수레를 끌고 걸음을 재촉했습니다. 어두워지기 전에 도착해 빨리 알로아를 기쁘게 해 주고 싶었습니다.

네로가 풍차 방앗간 앞을 지날 때는 벌써 어둠이 깔려 알로아의 창문에 불이 환하게 켜진 것을 볼 수 있었습니다. 알로아의 방은 풍차 방앗간으로 연결된 헛간의 지붕과 이어져 있었습니다. 지붕에는 솜처럼 하얀 눈이 소복이 쌓여 있었습니다.

네로는 헛간의 지붕 위로 올라가 알로아의 방 창문을 조심스럽게 두드렸습니다.

"알로아, 나야. 문 좀 열어 봐."

잠시 후, 알로아가 창문을 열었습니다.

"어머나, 네로! 정말 보고 싶었어. 그동안 널 만날 수 없어서 얼마나 마음이 아팠는지 몰라."

알로아가 깜짝 놀라 반기면서 말했습니다.

"알로아, 나도 그랬단다. 하지만 아버지의 말을 거역하면 안 돼. 다 널 위해서이니까. 참, 그리고 이 인형은 내가 눈길에서 주운 거야. 알로아를 닮은 것 같아 주고 싶었어. 그럼 잘 있어. 안녕!"

네로가 알로아에게 인형을 건네주면서 서둘러 말했습니다.

"잘 가, 네로!"

네로는 알로아와 서둘러 작별 인사를 하고는 헛간 지붕을 타고 내려왔습니다. 헛간 지붕 위에는 네로의 발자국이 찍혔습니다.

파트라슈가 끙끙거리자 네로가 입술에 손을 대면서 조용히 하라는 시늉을 했습니다.

"쉬잇, 파트라슈, 조용히 해. 코제츠 씨에게 들키기라도 하면 큰일이야."

네로는 파트라슈와 함께 어두운 길을 따라 오두막집으로 향했습니다.

바로 그날 밤, 풍차 방앗간에 불이 났습니다.

"불이야! 불!"

"풍차 방앗간에 불이 났어요."

풍차 방앗간은 삽시간에 검은 연기에 휩싸였습니다. 불꽃이 하늘로 치솟아 마치 타는 노을처럼 보였습니다.

마을 사람들이 불을 끄느라고 한바탕 소동이 벌어졌습니다. 사람들은 불을 끄기 위해 양동이에 물을 퍼 담아 손에서 손으로 이어 날랐습니다.

"풍차 방앗간에 불이 났다고?"

"네로야, 우리도 어서 가서 불 끄는 걸 돕자꾸나."

네로는 알로아가 걱정이 되었습니다. 풍차 방앗간에 불이 났다면 헛간으로 이어진 알로아의 방에 불이 옮겨 붙을 수도 있었습니다.

"알로아, 제발 무사해야 돼……."

네로는 성모님께 성호를 긋듯 제 가슴에 십자가를 그었습니다.

할아버지와 네로는 황급히 풍차 방앗간을 행해 갔습니다.

풍차 날개는 불이 옮겨 붙은 채 바람에 돌아가고 있었습니다. 그러자 불길이 더욱 세졌습니다.

"누군가 돌아가는 풍차를 멈추어야 해요!"

네로가 불길이 이는 풍차 방앗간 안으로 뛰어 들어갔습니다. 네로의 머릿속에는 오직 알로아가 위험하다는 생각뿐이었습니다. 네로는 언젠가 알로아와 함께 풍차 방앗간 안에 들어갔을 때 톱니바퀴가 돌아가는 원리를 그림으로 그려 보았기 때문에 어떻게 하면 풍차 날개가 멈출 수 있는지 알 것 같았습니다.

네로는 불길 속을 뚫고 들어가 풍차가 멈추도록 톱니바퀴의 손잡이를 반대로 돌렸습니다. 그러자 돌아가던 풍차가 서서히 멈췄습니다.

"네로가 불길 속에 뛰어 들어 풍차를 멈추게 했어요."

"용감한 네로! 목숨을 걸고 불길 속으로 뛰어들다니……."

"네로가 아니었으면 불길에 사람들이 다쳤을지도 몰라요."

마을 사람들이 불에 뛰어든 네로의 용기를 칭찬했습니다.

앤트워프에서 소방차가 달려와 풍차 날개에 옮겨 붙은 불을 껐습니다.

다행히 알로아가 사는 집에는 불이 옮겨 붙지 않아 무사했지만 방앗간에 쌓아 둔 곡식 자루가 몽땅 다 타 버리고 말았습니

다. 불이 꺼진 풍차 방앗간은 마치 날개 달린 검은 괴물처럼 보였습니다. 풍차 방앗간은 보험이 들어 있어 별다른 피해는 보지 않았으나 코제츠 씨는 누군가 일부러 불을 지른 게 틀림없다고 주장했습니다.

"누군가 내게 불만을 품은 사람이 풍차 방앗간에 고의로 불을 지른 거야."

코제츠 씨는 풍차 방앗간에 뛰어들어 풍차를 멈추게 한 네로가 의심스러웠습니다.

누군가 풍차 방앗간에 딸린 헛간의 지붕 위에서 네로의 발자국이 찍힌 것을 보았다고 했습니다. 그 말을 한 사람은 코제츠 씨에게 의심을 사지 않기 위해 고아인 네로를 희생양으로 삼았던 것입니다.

코제츠 씨가 다짜고짜 네로의 멱살을 잡고 말했습니다.

"네로! 불을 낸 사람이 바로 너지? 그래서 겁이 나서 풍차를 멈추게 한 거지? 풍차 방앗간 헛간에서 널 보았다는 사람이 있어. 헛간 지붕 위에 찍힌 발자국이 바로 네 녀석의 발자국이 틀림없어!"

코제츠 씨가 화를 참지 못하고 네로를 주먹으로 때릴 듯이 말했습니다.

"제 발자국이 맞아요. 하지만 저는 불을 지르지 않았어요. 헛간 지붕 위에 발자국이 찍힌 것은 알로아에게 길에서 주운 인형을 주기 위해서였어요."

"길에서 주운 인형 따위를 알로아에게 주려고 헛간 지붕까지 올라갔단 말이냐? 내가 분명히 경고했지? 다시는 내 딸을 만나지 말라고 했는데 도둑고양이처럼 밤늦게 알로아를 만나다니…….”

네로가 솔직하게 말했지만 코제츠 씨는 더욱 화가 나서 말했습니다.

“알로아를 만나지 못하게 한 분풀이로 네 녀석이 불을 지른 게 분명해.”

코제츠 씨가 화를 가라앉히지 못하고 흥분해서 말했습니다.

네로가 얼마나 착한 소년인지 다 아는 마을 사람들은 코제츠 씨의 말을 귀담아듣지 않았습니다. 하지만 풍차 방앗간 주인의 눈 밖에 나는 것이 두려워 아무도 네로의 편에 서서 두둔하지 않았습니다.

결국 네로는 풍차 방앗간에 불을 지른 범인으로 억울한 누명을 쓰게 되었습니다.

그 일이 있은 후, 마을 사람들은 전처럼 네로와 파트라슈에게 친절하지 않았습니다. 누명을 쓰기 전에는 먹을 것과 땔감을 나눠 주곤 했지만 지금은 아무도 네로를 거들떠보지 않았습니다.

“아버지, 네로는 불을 지를 아이가 아니에요. 그날 밤, 네로가 헛간 지붕 위로 올라온 것은 내게 인형을 주기 위해서였어요. 믿어 주세요.”

알로아가 네로의 억울한 누명을 벗겨 주기 위해 인형을 보이면서 아버지께 이야기했지만 코제츠 씨는 더욱 화를 냈습니다.

“가난뱅이 주제에 이렇게 비싼 인형을 어떻게 구할 수 있었겠어? 아마 이 인형도 주운 게 아니라 훔친 건지도 모르지.”

“훔친 게 아니라 길에서 주운 거예요.”

알로아가 아버지에게 분명하게 말했습니다.

“길에서 주운 더러운 인형 따위를 내 딸에게 주었단 말이냐?”

코제츠씨는 점점 더 화를 냈습니다.

“아버지, 제발 믿어 주세요. 불을 지른 사람은 결코 네로가 아니에요.”

알로아가 아버지에게 눈물로 호소했습니다.

“여보, 네로는 착한 아이예요. 복수심으로 불을 지를 아이가 아니에요. 게다가 풍차를 멈추기 위해 불길 속으로 뛰어든 아이에요. 불이 나서 큰 손해를 본 것도 아닌데 이제 그만 잊어버리세요.”

알로아의 어머니가 애원하듯 말했지만 코제츠 씨는 누구의 말에도 귀를 기울이지 않았습니다.

“불이 나서 우리 집과 재산을 몽땅 날릴 뻔했는데 어떻게 잊을 수가 있단 말이오?"

코제츠 씨는 여전히 화가 잔뜩 난 목소리로 말했습니다.

"불은 꺼졌고 다친 사람도 없으니 더 이상 네로를 나무라지 마세요."

알로아의 어머니가 간곡하게 말했습니다.

네로는 마을 사람들의 따가운 눈총이 견디기 힘들었습니다.

'그래, 남들이 뭐라고 해도 난 떳떳해. 내 그림이 미술 대회에서 뽑히기만 한다면 사람들도 나를 다른 눈으로 보게 될 거야. 그래, 그때까지만 꿋꿋이 참고 견디는 거야.'

네로는 입술을 깨물면서 미술 대회 발표 날인 크리스마스 전날이 오기만을 손꼽아 기다렸습니다.

매서운 추위가 불어 닥치자 네로와 파트라슈는 점점 일하기가 힘들어졌습니다. 추운 겨울에도 네로가 견딜 수 있었던 것은 이웃 사람들의 따뜻한 마음 덕분이었습니다. 그러나 차가운 눈길과 푸대접은 네로의 마음을 더욱 춥게 했습니다.

오두막집의 난로는 불을 지필 수 없어 싸늘해지고 식탁에는 빵 한 조각도 변변히 없는 날이 많아졌습니다.

앤트워프에서 온 장사꾼이 노새를 타고 와서 농장의 우유를 직접 사 가는 일이 생기자 이젠 우유 통을 맡기는 집이 몇 집

되지 않았습니다.

파트라슈가 끄는 우유 수레는 점점 가벼워지기 시작했습니다.

"네로, 안됐지만 우리 집에는 더 이상 올 필요가 없다."

"우리 집도 마찬가지야. 앤트워프에서 우유를 사 가는 사람이 직접 오거든."

마을 사람들은 쌀쌀한 목소리로 거절했습니다.

파트라슈는 예전에 우유 통을 맡기던 집 앞에 다다르면 닫힌 문을 향해 슬픈 목소리로 울부짖었습니다.

마을 사람들의 마음도 그렇게 굳게 닫혔습니다.

"네로가 정말 가여워요."

"가여워도 어쩔 수 없소. 마음이 아프지만 코제츠 씨의 눈 밖에 나면 우리도 네로처럼 가엾은 신세가 될 테니."

몇몇 사람들은 네로에게 가벼워진 수레를 끌게 하는 게 마음 아팠지만 코제츠 씨의 눈 밖에 나지 않기 위해 모두들 모른 척 외면했습니다.

일자리를 찾는 네로

우유 통을 맡기던 집이 점점 줄어들자 네로는 집세조차 낼 수가 없었습니다. 땔감이 없어 난로를 지필 수가 없으니 방 안은 늘 싸늘하고, 세 가족이 끼니를 거르는 일이 점점 많아졌습니다.

"콜록, 콜록……."

추운 방에서 먹을 것도 제대로 못 먹자 할아버지의 병세는 점점 심해졌습니다.

"할아버지, 조금만 기다려 주세요. 크리스마스가 오면 할아버지를 기쁘게 해 드릴 수 있을 거예요."

네로는 미술 대회의 수상작 발표 날이 오기만을 간절히 기다렸습니다.

네로는 추위와 배고픔을 이기기 위해 화실로 꾸민 작은 헛간에서 숯덩이로 그림을 그렸습니다. 꽁꽁 언 손을 호호 불어 가면서 그린 그림은 우유 수레를 끄는 할아버지의 모습이었습니다.

네로는 할아버지의 모습을 그리면 그릴수록 나날이 쇠약해져 가는 할아버지의 건강이 걱정되

어 이대로 가만히 있을 수가 없었습니다.

"파트라슈, 우유 통을 맡기는 집이 몇 집 안 되니까 다른 일자리라도 구해 봐야겠어."

네로는 덜컹거리는 빈 수레를 끌면서 파트라슈에게 말했습니다. 항구 도시인 앤트워프 거리는 얼마 남지 않은 크리스마스를 준비하기 위한 사람들로 북적거렸습니다.

"파트라슈, 항구에 가면 부두에서 짐을 옮기는 일을 할 수 있을지도 몰라. 우리 그곳으로 가 보자."

네로는 파트라슈와 함께 빈 수레를 덜컹거리며 앤트워프 부두로 갔습니다.

부두에는 배에서 짐을 내리는 선원들이 분주하게 움직이고 있었습니다.

"제가 손수레로 짐을 나를 일은 없을까요?"

네로가 일하는 사람을 붙잡고 물었습니다.

"얘야, 이곳에는 작은 수레로 나를 짐은 없단다. 힘센 짐꾼이 필요하지."

"그렇다면 제가 짐을 나르는 일을 해도 될까요? 보기보다 제가 힘이 아주 세거든요."

네로가 튼튼해 보이기 위해 일부러 씩씩한 목소리로 말했습니다.

“너 같은 소년이 거들면 오히려 걸리적거려서 방해만 될 뿐이란다.”

“한 번만 더 생각해 주세요. 정말 잘할 수 있어요.”

네로는 몇 곳을 다녀 보았지만 모두 거절당하자 파트라슈와 함께 거리로 나왔습니다.

“파트라슈, 아무래도 부두에서 일하는 것은 틀린 것 같아. 나보다 더 힘이 센 일꾼이 필요한가 봐.”

거리마다 크리스마스트리의 불빛이 반짝거리고 골목마다 종소리가 울려 퍼졌습니다. 네로는 일자리를 구하기 위해 거리의 상점들을 기웃거려 보았습니다.

“파트라슈, 밖에서 기다려. 혹시 사람이 필요한지 상점 안에 들어가서 알아보고 올게.”

네로가 용기를 내어 상점 안으로 들어갔습니다.

“혹시 제가 할 수 있는 일이 없을까요? 무슨 일이든 열심히 하겠습니다.”

네로가 간절한 목소리로 상점 주인에게 말했습니다.

“나이는 몇 살이냐?”

“열다섯 살이에요.”

"그래? 그렇다면 상점 점원으로 일하기에 적당한 나이구나. 그래, 부모님은 계시냐?"

상점 주인이 네로에게 몇 가지 질문을 했습니다.

"부모님은 안 계시고 할아버지와 함께 살고 있어요. 할아버지께서 편찮으셔서 무슨 일이든지 하고 싶어요."

"그래? 그렇다면 고아나 다름없구나. 고아는 믿을 수가 없어서……. 언젠가 부모가 없는 고아를 점원으로 썼다가 물건을 몽땅 훔쳐 가는 바람에 큰일을 치른 적이 있었단다. 미안하지만 안 되겠구나."

상점 주인이 고개를 흔들면서 거절했습니다.

"알겠습니다."

마음이 상한 네로는 힘없이 돌아서서 상점 문을 나왔습니다.

"파트라슈, 오래 기다렸지? 상점 주인은 고아를 쓰지 않는다는구나. 세상 사람들은 부모가 없는 고아를 싫어해. 알로아의 아버지도 내가 고아가 아니었다면 그렇게 싫어하시지는 않았겠지. 하지만 그렇다고 여기서 포기할 순 없어. 파트라슈, 우리 다른 상점으로 가 보자."

네로는 또다시 용기를 내어 다른 곳을 찾아갔습니다. 그 상점은 여러 가지 그림 재료를 파는 화방이었습니다.

문 앞에는 '점원 구함'이라고 씌어 있었습니다.

"파트라슈! 이것 봐. 그림 재료를 파는 곳에서 점원을 구한대. 이런 곳에서 일을 할 수 있다면 그림에 대해서도 더 잘 알 수 있겠지?"

네로는 그곳에서 일할 수 있다면 얼마나 좋을까 생각했습니다.

"파트라슈! 내가 찾는 곳이 바로 이런 곳이야."

네로는 파트라슈를 밖에서 기다리게 하고 화방 안으로 들어갔습니다.

화가 선생님과의 만남

화방 안에는 모자를 쓴 손님이 그림 재료를 사기 위해 여러 가지 미술 재료들을 둘러보고 있었습니다.

네로가 화방 안으로 들어서자 빛바랜 모자를 쓴 손님이 네로에게 눈길을 주었습니다.

"이곳에서 점원을 구한다고 해서 들어왔습니다. 제가 여기서 일을 할 수만 있다면 무슨 일이든지 하겠습니다."

네로가 수염이 덥수룩한 주인에게 간청하듯 말했습니다.

"그림물감이나 그 밖의 미술 재료에 대해서는 잘 알고 있니?"

화방 주인이 물었습니다.

“저도 그림을 그리지만 물감이 비싸서 목탄으로 그림을 그립니다. 하지만 지금부터 차근차근 배워 보겠습니다. 오래 걸리진 않을 거예요.”

“그렇다면 미안하구나. 우리 상점에는 미술 재료에 대해 잘 아는 유경험자가 필요해. 너도 알다시피 미술 재료는 다양하니까 이 모든 것을 배우려면 오랜 시간이 걸린단다.”

화방 주인이 말했습니다.

그러자 모자를 쓴 손님이 말했습니다.

“주인장, 보아하니 인상도 좋고 용기 있는 소년 같은데 점원으로 쓰지 그러시오?”

“죄송합니다, 화가 선생님. 그림을 그리는 사람을 점원으로 쓰면 물감에 발이 달렸는지 날마다 사라지곤 한답니다. 우리가 필요한 사람은 그림을 그리지 않아도 미술재료에 대해 환히 알고 있는 유경험자랍니다.”

“처음부터 아는 사람이 어디 있겠소? 누구나 경험을 쌓아 가는 거지.”

화가 선생님이 네로에게 힘을 실어 주듯 말했습니다.

“워낙 저명하신 화가 선생님이 특별히 부탁하는 말씀이시니 하는 말인데 수레로 그림 도구를 배달할 일이 있을지 모르니

가끔 들러 보렴. 배달하는 수고비 대신 필요한 그림 도구를 주마."

화방 주인이 네로에게 말했습니다.

"네, 고맙습니다."

네로가 고개를 숙이고 인사를 드리자 화가 선생님이 말했습니다.

"그렇다면 내가 산 그림 도구를 내 작업실까지 실어다 줄 수 있겠나?"

화가 선생님의 말에 네로가 흔쾌히 대답했습니다.

"네, 화가 선생님. 바로 문밖에 수레를 끄는 개가 기다리고 있어요."

네로는 화가 선생님이 골라 놓은 그림 도구를 수레에 실었습니다.

"파트라슈! 오래 기다렸지?"

어느새, 성당의 종탑 위로 놀이 지고 하늘을 나는 비둘기들이 그림자를 떨구며 날고 있었습니다.

"이렇게 훌륭한 개를 보니까 그림으로 그리고 싶은걸. 설마 위험하진 않겠지?"

화가 선생님이 파트라슈를 보면서 조심스럽게 말했습니다.

"네, 안심하세요. 파트라슈는 몸집이 커도 아주 순한 개랍니다."

"그래, 플랜더스는 예로부터 짐수레를 끄는 품성 좋은 개로 유명한 곳이지. 나도 젊은 시절 이곳에 머물러 그림을 그린 적이 있었단다."

화가 선생님이 혼잣말을 하듯이 말했습니다.

"물감이 없어서 숯덩이로 그림을 그린다고 했지? 내 작업실에 가면 쓰다 남은 물감이 있으니까 괜찮다면 그걸 주지."

화가 선생님의 말에 네로의 푸른 눈이 반짝 빛났습니다.

화가 선생님의 화실은 낡은 건물 이층에 있었습니다. 네로는 화가 선생님의 뒤를 따라 삐걱거리는 나무 계단을 조심스레 밟았습니다.

네로는 태어나서 처음으로 화가가 그림을 그리는 화실 안으로 들어가 보았습니다. 화실 안에는 그리다 만 그림들과 물감들이 즐비하게 널려 있었습니다.

네로는 이토록 자유로운 공간에서 마음껏 그림을 그릴 수 있다면 얼마나 좋을까 생각했습니다.

네로는 화실 벽에 걸린 한 여인의 초상화에 오랫동안 눈길을 주었습니다. 성모 마리아처럼 아름다운 여인은 네로를 향해 미소를 짓고 있었습니다. 그 모습은 너무나 아름다워 마치 이 세상 사람 같아 보이지 않았습니다.

"내 아내의 초상화란다. 젊었을 때 모습이지."

화가 선생님의 눈은 네로처럼 푸른빛이어서 깊은 생각에 잠긴 것처럼 보였습니다.

"그림은 그리움으로 그린다는 말처럼 그동안 먼 나라에서도

아내에 대한 그리움으로 그림을 그렸단다. 아내와의 추억이 깃든 이곳에서 남은 생을 보내기 위해 이곳에 다시 찾아왔단다. 세상 어느 곳을 다녀 보아도 루벤스의 혼이 깃든 이곳만큼 나를 끌어당기는 곳은 없더구나."

화가 선생님이 창밖에 보이는 대성당의 종탑을 바라보면서 말했습니다. 성당의 종소리는 지난날의 아련한 추억을 불러내

주는 것만 같았습니다.

화가 선생님은 앤트워프 대성당에서 아름다운 신부와 결혼식을 올리던 행복한 때를 떠올렸습니다. 그때가 화가 선생님의 인생에서 가장 아름다운 시절이었습니다.

"화가 선생님, 혹시 일하는 사람이 필요하시진 않으세요?"

네로는 이곳에서 화가 선생님의 일을 도와드릴 수 있다면 그림 그리는 데 많은 도움이 될 것만 같았습니다.

"미안하지만 나는 일할 사람이 필요 없단다. 예술은 혼자 하는 작업이거든. 내가 일자리는 줄 수 없지만 내가 쓰지 않는 도구와 그 밖의 쓰다 남은 몇 가지 물감을 줄 수는 있어."

화가 선생님은 네로에게 그림을 그릴 수 있는 도구와 몇 가지 물감을 챙겨 주었습니다.

"고맙습니다, 화가 선생님."

"다음에 이곳에 올 기회가 있거든 네가 그린 그림을 한번 가져와 보렴. 처음 보았을 때 나를 닮은 푸른 눈에서 뭔가 타오르는 불꽃을 보았단다."

화가 선생님이 네로의 눈빛을 바라보며 진지하게 말했습니다.

"네, 이 물감으로 그림을 그려 완성하게 되면 꼭 가져와 보겠습니다."

네로가 말했습니다.

"저, 이름을 물어봐도 되겠나?"

화가 선생님이 네로에게 물었습니다.

"세례명은 니콜라스입니다. 하지만 모두들 네로라고 부른답니다."

네로는 이름을 물어 주는 화가 선생님의 관심을 고맙게 생각했습니다. 지금까지 그 누구도 네로의 이름을 물어본 사람은 없었습니다.

"네로, 나는 젊은이들의 꿈을 존중한단다. 그림을 그리고 싶다면 언제든지 내 화실을 방문해도 좋아."

화가 선생님이 네로의 이름을 부르며 친절하게 말했습니다.

"정말 고맙습니다."

네로는 화가 선생님의 호의에 진심으로 감사드리며 작별 인사를 했습니다.

삐그덕거리는 나무 계단을 내려오면서 네로는 누군가에게 인간적인 대접을 처음 받아본 것만 같아 화가 선생님이 그 누구보다 다정하게 느껴졌습니다.

"파트라슈, 어서 집으로 가자. 할아버지께서 기다리시겠다."

네로는 파트라슈와 함께 화가 선생님이 주신 그림 도구를 실고 집으로 향했습니다. 캔버스에 물감으로 마음껏 그림을 그릴 생각을 하니 네로의 발걸음이 빨라졌습니다.

화가 선생님은 창밖으로 수레를 끌고 가는 네로와 파트라슈의 뒷모습을 말없이 지켜보았습니다. 화가 선생님이 이 도시에 온 것은 아내를 찾기 위해서였습니다.

옛날에 살던 아르덴에서는 아내가 전염병에 걸려 죽었다는 소문만 들었습니다. 그 소문과 함께 뜻밖에도 아내가 아들을 낳았으며 어디에선가 아들이 살고 있다는 말을 들었습니다.

"소문 따윈 믿고 싶지 않지만 만일 아들이 컸다면 저 소년만한 나이일 거야."

할아버지의 죽음

집에 도착한 네로는 문득 불길한 생각이 들었습니다. 오두막집은 어둠 속에 파묻혀 그 어느 때보다 고요했습니다. 네로가 문을 열고 들어서자 침대에 누워 계신 할아버지가 심하게 기침을 했습니다.

“쿨럭쿨럭, 네로, 늦었구나!”

할아버지가 숨을 몰아쉬며 말했습니다.

“할아버지! 괜찮으세요?”

네로가 할아버지의 손을 잡았습니다. 난롯불이 꺼진 싸늘한 방 안에 홀로 누워 계신 할아버지의 손은 얼음장처럼 차가웠습니다.

"할아버지, 힘내세요. 제발 조금만 기다려 주세요."

네로가 눈물을 글썽거리면서 말했습니다.

"네로야, 어린 널 고생만 시켰구나. 이 할애비가 어린 너에게 힘이 되지 못하고 짐만 되었으니……."

할아버지의 주름진 눈꼬리에 맺혔던 눈물이 주르르 흘러내렸습니다.

"할아버지, 그런 말씀 하지 마시고 힘내세요. 제가 미술 대회에서 상을 받게 되면 할아버지 약도 사 드리고 따뜻한 음식도 해 드릴게요. 제발 조금만 기다려 주세요."

"미술 대회 발표가 며칠 안 남았지?"

"할아버지도 알고 계셨어요?"

"그래, 네가 헛간에서 날마다 그리는 그림을 보았단다. 나무꾼 미셸 할아버지였지. 나와는 아주 절친한 사이였는데 그만 세상을 떠나고 말았구나. 네가 그린 미셸 할아버지의 모습은 생전의 마지막 모습이었단다."

"미셸 할아버지는 이 세상에 안 계시지만 할아버지와 저에게 행운을 가져다줄지도 몰라요. 할아버지, 우리 이번 크리스마스는 파트라슈와 함께 행복하게 지내도록 해요."

"그래, 그러자꾸나. 따뜻한 난로 곁에서 식탁 위에 촛불을 켜고 그동안 먹지 못했던 온갖 음식을 차려 놓고 파트라슈와 함께 행복한 크리스마스를 보내자꾸나."

할아버지가 꿈꾸듯이 말했습니다.

"그런데 파트라슈는 너무 늙었어. 플랜더스의 모든 개들이 그렇듯이 파트라슈도 평생 수레를 끌다가 저렇게 늙고 말았구나. 내가 끌어야 할 수레를 파트라슈가 평생 끌어 준 셈이지. 가엾은 파트라슈!"

할아버지의 눈꼬리에 맺힌 눈물이 또다시 흘렀습니다. 그 눈물은 늙은 파트라슈를 위한 것이었습니다.

"할아버지, 파트라슈는 할아버지의 마음을 통해 따뜻한 사랑이 무엇인지 알게 되었을 거예요."

네로가 할아버지 눈가의 눈물을 닦아 드리면서 말했습니다.

"늙은 파트라슈와 내가 세상을 떠나게 되면 혼자 남겨진 네로는 이 세상을 어떻게 살아갈꼬?"

할아버지가 혼잣말을 하듯이 중얼거리면서 힘겹게 네로의 이름을 불렀습니다.

"네로야, 이 할애비는 네가 그림을 그리는 화가가 되어 떠돌아다니며 가난한 삶을 살게 될까 봐 걱정이 되었단다."

네로의 눈에서도 눈물이 흘러내려 뺨을 적셨습니다.

“이 할애비도 더 이상 네 앞길을 막지 않으마. 네로, 너는 아직 어리지만 누구보다 훌륭한 화가가 되리라 믿는다.”

할아버지가 고단하신지 스르르 눈을 감으면서 혼잣말로 중얼거렸습니다.

‘네로야, 이제 네 어머니를 만나러 갈 때가 되었나 보다.’

네로는 할아버지의 잠든 모습을 보고 조용히 방을 나와 헛간으로 갔습니다.

다른 날 같으면 파트라슈가 조용히 네로의 뒤를 따라 나왔겠지만, 파트라슈는 조용히 할아버지의 침대 곁을 지키고 있었습니다.

'파트라슈, 네로를 부탁한다.'

할아버지는 힘이 없어 목소리를 낼 수 없었지만 마음속으로 당부했습니다.

파트라슈는 듣지 않아도 할아버지의 마음을 안다는 듯이 끙끙거렸습니다.

네로가 헛간에 등불을 켜자 숯덩이로 그리다 만 할아버지의 모습이 그대로 있었습니다. 네로는 화가 선생님이 주신 물감으로 할아버지의 모습을 채색했습니다. 그러자 그림 속에서 할아버지의 모습이 더욱 생생하게 되살아났습니다.

네로가 할아버지의 그림을 완성할 무렵, 문득 이상한 느낌이 들었습니다. 할아버지의 그림이 완성되자 네로는 불길한 생각에 사로잡혔습니다. 네로가 나무꾼 미셸 할아버지의 그림을 완성하자 미셸 할아버지가 돌아가셨다는 소식을 전해 들었던 기억이 떠올랐던 것입니다.

그때였습니다. 네로는 아직까지 파트라슈가 그토록 슬픈 목소리로 울부짖는 소리를 들어본 적이 없었습니다. 네로가 황급히 할아버지가 누워 계신 방으로 달려왔습니다.

“할아버지! 할아버지!”

네로가 애타게 할아버지를 불렀지만 할아버지는 대답이 없었습니다.

그날 밤, 할아버지는 끝내 그렇게 조용히 숨을 거두었습니다.

“아, 할아버지! 안 돼요! 돌아가시지 마세요! 제발 저를 혼자 남겨 두지 마세요!”

네로가 슬픔에 겨운 목소리로 외쳤습니다.

파트라슈도 할아버지의 죽음을 아는지 슬픈 목소리로 울부짖었습니다.

창밖에는 소리 없이 함박눈이 쌓이고 있었습니다.

집을 떠나는 네로

네로는 파트라슈가 끄는 수레에 할아버지의 관을 실었습니다. 장례식도 없이 할아버지의 관을 이름 없는 묘지로 옮기는 사람이라곤 세상에 의지할 곳 없이 남겨진 네로와 파트라슈뿐이었습니다.

마을 사람들이 혼자 남겨진 네로를 가엾은 마음으로 지켜보았지만 코제츠 씨의 눈 밖에 날 것이 두려워 모두들 모른 척했습니다.

할아버지를 묘지에 묻고 돌아오는 네로와 파트라슈의 발걸음은 무겁기만 했습니다. 꽁꽁 언 땅속에 할아버지가 묻혀 있을 것을 생각하니 네로는 가슴이 찢어질 듯 아파 발걸음이 떨어지지 않았습니다.

할아버지가 안 계신 오두막집은 더욱 춥고 쓸쓸했습니다. 주인을 잃은 할아버지의 빈 침대 위에는 할아버지가 늘 쓰던 낡고 푸른 모자가 놓여 있었습니다. 그 모자는 할아버지가 젊은 군인 시절부터 아껴오던 추억이 깃든 모자였습니다.

"파트라슈! 이젠 이 세상에 너와 나뿐이구나. 할아버지 없이 이 세상을 어떻게 살아가야 할지……."

네로는 불이 꺼져 싸늘한 난로 곁에서 파트라슈를 껴안고 눈물을 흘렸습니다. 울다 지친 네로는 그만 잠이 들고 말았습니다. 꿈속에서 네로는 할아버지를 만났습니다. 할아버지는 여전히 오두막집에서 살고 있었습니다.

"할아버지!"

네로는 할아버지의 품에 안겼습니다.

푸른 모자를 쓴 할아버지는 젊은 시절 모습이었습니다. 다리도 절룩거리지 않았습니다.

"네로야, 어머니를 만나고 싶지 않느냐?"

할아버지가 물었습니다.

"만나 보고 싶어요, 할아버지. 어머니를 만나셨나요?"

"그래, 어머니는 텃밭에서 누에콩을 따고 있단다."

네로는 창문 밖에서 누에콩을 따는 어머니의 모습을 보았습니다. 그 모습은 처음 본 게 아니라 어디선가 본 적이 있는 것만 같은 낯익은 모습이었습니다. 어머니의 모습은 화가 선생님의 벽에 걸려 있던 초상화와 닮았습니다. 너무 아름다워 마치 이 세상 사람인 것 같지 않던 초상화의 그 모습.

네로는 그리운 어머니의 품에 안겼습니다.

"어머니!"

네로는 '어머니'라고 부르는 자신의 목소리에 잠이 깨었습니다.

곁에 있던 파트라슈가 혓바닥으로 네로의 얼굴에 얼룩진 눈물을 닦아 주었습니다.

네로는 할아버지가 하늘나라로 떠나신 게 꿈이 아닐까 생각했습니다.

"할아버지, 지금쯤 그리운 어머니를 만나셨겠지요. 어머니, 할아버지를 잘 보살펴 주시길 부탁드려요. 제 곁에는 파트라슈가 있으니 걱정 마세요."

네로의 눈에 또다시 눈물이 흘렀습니다.

헛간에는 네로가 그리다 만 할아버지의 그림이 있었습니다. 마치 살아 계신 듯 생생한 모습이었습니다.

"할아버지!"

네로는 돌아가신 할아버지에 대한 슬픔을 달래기 위해 화가 선생님이 주신 물감으로 그림을 그렸습니다. 그 그림은 힘없이 늙고 지친 파트라슈의 모습이었습니다.

파트라슈가 자신의 모습을 그리는 네로를 곁에서 지켜보았습니다.

물감으로 그림을 그리면서 네로는 숯덩이로 그린 자신의 초라한 그림을 생각했습니다.

"파트라슈, 모두들 이렇게 화려한 물감으로 그림을 그렸을 텐데 숯덩이로 그린 내 그림은 그런 그림들에 비해 얼마나 초라할까?"

파트라슈가 대답 대신 컹컹 짖었습니다.

네로는 미술 대회에 출품한 그림에 대해 점점 자신감을 잃어갔습니다.

"만일 내 그림이 대회에서 떨어진다면……."

네로는 절망감에 사로잡혀 어떻게 살아가야 할지 더 이상 상상하고 싶지 않았습니다.

"파트라슈, 나에게 용기를 내라고 말해 줘."

네로가 파트라슈의 털을 쓰다듬으면서 말했습니다.

네로는 할아버지의 장례를 치르고 나자 그동안 밀린 집세조차 낼 수가 없었습니다.

할아버지가 돌아가시자 집주인 빈센트 씨가 밀린 집세를 받으러 왔습니다. 구둣방을 하는 빈센트 씨는 코제트 씨와 절친한 사이라 풍차 방앗간에 불이 난 이후로 네로를 못마땅하게 생각하고 있었습니다.

"네로, 집세를 낼 수 없다면 당장 집을 비워 줘야겠다. 그동안 제한다스 할아버지를 생각해서 집세가 밀려도 참아왔지만 지금은 사정이 달라졌어."

빈센트 씨가 냉정한 말투로 박정하게 말했습니다.

"빈센트 아저씨, 제발 며칠만 참아 주세요."

크리스마스 전날 발표될 미술 대회에서 상금을 받는 게 네로에게 남은 한 가닥 희망이었습니다.

"비싼 물감으로 그림을 그리면서 집세 낼 돈이 없다고?"

빈센트 씨가 트집을 잡으면서 네로를 다그쳤습니다.

"이 물감은 제가 아는 화가 선생님이 쓰다 남은 것을 저에게 주신 거랍니다. 제발 크리스마스 때까지만 참아 주세요."

"지금 없는 돈이 크리스마스가 되면 하늘에서 뚝 떨어진다니? 집을 구할 사람이 집을 보여 달라고 하니까 내일 당장 집을 비워라."

빈센트 씨는 네로를 이 마을에서 쫓아내기로 한 코제츠 씨와의 은밀한 약속을 지키기 위해 모진 말을 하고 갔습니다.

네로는 오두막집에서 쫓겨나면 당장 갈 곳이 없었습니다. 비록 들판 한가운데 쓰러져 가는 초라한 오두막집이었지만 네로에겐 할아버지의 추억이 깃든 소중한 집이었습니다. 네로와 파트라슈가 우유 배달을 마치고 돌아오면 할아버지께서 인자한 웃음으로 맞아 주던 오두막집이었습니다.

"파트라슈! 쫓겨날 때까지 기다릴 순 없어. 우리가 먼저 이 집을 떠나도록 하자."

네로는 등불을 켜고 집주인 빈센트 씨에게 편지를 썼습니다.

빈센트 아저씨께

누에콩이 자라는 이 오두막집은

할아버지와의 추억이 깃든 아름다운 곳이었습니다.

밀린 집세 대신 손수레를 두고 갑니다.

그동안 돌아가신 할아버지와 저에게

친절을 베풀어 주셔서 감사했습니다.

네로 올림

오두막집에서 마지막 밤을 지낸 네로는 파트라슈가 조심스럽게 우유 수레 곁으로 다가가자 고개를 저었습니다.

"파트라슈, 이젠 그 수레도 우리 것이 아니야. 밀린 집세 대신 두고 가야 해."

파트라슈는 그동안 끌어 온 우유 수레를 두고 간다는 것이 슬픈지 수레바퀴 옆에서 꼼짝도 하지 않았습니다. 오랫동안 수레를 끌어 온 파트라슈에게 우유 수레는 몸의 일부와도 같은 것이었습니다.

"파트라슈! 이제 내게 남은 것은 너뿐이란다."

네로는 할아버지와 함께했던 그리운 오두막집을 마지막으로 둘러보았습니다. 할아버지의 손길로 누에콩이 자라던 텃밭도 파트라슈와 함께 둘러보았습니다.

네로와 가장 정이 들었던 헛간에는 할아버지의 그림과 함께 네로가 그동안 틈틈이 그린 그림들이 벽에 기대어 있었습니다. 네로는 길에 버려진 파트라슈를 처음 헛간으로 데리고 왔을 때 걱정이 되어 함께 잠들었던 추억을 생각했습니다. 이곳에서 파트라슈가 처음 기운을 차렸을 때 그토록 원하던 친구가 생긴 기쁨을 잊을 수가 없었습니다.

네로는 새삼 늙은 파트라슈의 머리를 쓰다듬었습니다. 네로가 점점 커 가는 동안 파트라슈는 점점 늙어 갔습니다.

"정든 오두막집아, 안녕! 나와 함께 했던 소중한 모든 것들아, 모두 안녕!"

네로는 할아버지의 침대 위에 놓인 빛바랜 푸른 모자를 두고 갈 수 없어 머리에 썼습니다. 네로의 눈빛처럼 푸른 모자는 약간 컸지만 마치 처음부터 네로의 것이었던 것처럼 잘 어울렸습니다.

"할아버지, 할아버지가 아끼시던 모자는 제가 쓰고 갈게요."

네로는 파트라슈와 함께 정든 오두막집을 떠났습니다.

가는 길에 네로와 파트라슈는 할아버지께 작별 인사를 하기 위해 묘지에 들렀습니다. 하얀 눈이 덮여 있는 할아버지 무덤에는 시든 꽃다발이 놓여 있었습니다.

"파트라슈! 알로아가 다녀갔나 봐. 할아버지 무덤에 꽃을 갖다 놓을 사람은 알로아밖에 없어."

네로는 알로아와 함께 지냈던 지난날을 떠올렸습니다.

"알로아, 고마워. 작별 인사도 못 하고 떠나는 나를 용서해줘……."

네로는 알로아가 있는 풍차 방앗간을 향해 말했습니다.

"할아버지, 그동안 할아버지의 추억이 담긴 오두막집을 떠나

게 되었네요. 할아버지의 수레는 밀린 집세 대신 두고 가기로 했어요. 할아버지, 이제 저에게 남은 것은 파트라슈뿐이에요. 할아버지, 그럼 편안히 계세요."

모자를 벗고 인사를 드리는 네로의 뺨에 눈물이 흘렀습니다.

네로와 파트라슈는 우유 수레를 싣고 늘 가던 길인 앤트워프를 향해 무작정 떠났습니다.

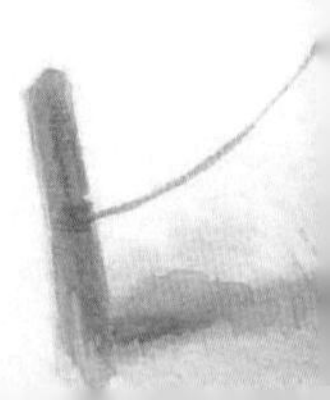

"파트라슈, 배고프지? 나는 괜찮지만 늙은 파트라슈는 얼마나 배가 고플까?"

이른 새벽이라서 집집마다 덧문은 굳게 닫혀 있었으나 몇몇 마을 사람들이 일찍 일어나 부산하게 움직이는 모습이 보였습니다.

"파트라슈에게 빵 한 조각만 주시겠어요? 어제부터 아무것도 먹지 못했답니다."

네로가 마을 사람에게 간절히 부탁했습니다.

"올해는 밀 값이 올라서 나눠 줄 빵이 없구나."

"사람도 못 먹는 지경인데……. 더구나 개에게 줄 빵은 없다!"

"다른 집에 가 보렴!"

마을 사람들은 모두들 매정하게 거절하면서 문을 꽝 닫고 들어갔습니다.

닫힌 문 앞에 말없이 서 있던 네로는 이 마을을 떠나는 마지막 순간이라는 생각이 들자 목이 메었습니다.

'모두들 안녕히 계세요. 그동안 고마웠습니다.'

네로는 마음속으로 마을 사람들에게 공손히 작별 인사를 했습니다.

파트라슈는 네로의 마음을 아는지 네로의 옷을 물고 잡아끌었습니다.

네로는 파트라슈와 함께 앤트워프를 향해 힘없이 발걸음을 옮겼습니다. 앤트워프로 향하는 길이 오늘처럼 멀게 느껴진 적은 없었습니다.

눈보라가 네로에게 오두막집으로 돌아가라는 듯 파트라슈와 네로의 앞길을 가로막았습니다.

꿈은 사라지고

“내게 가진 게 있다면 무엇이든 팔아서 배고픈 파트라슈에게 빵을 사 줄 텐데…….”

네로가 몸에 지니고 있는 것이라곤 입고 있는 누더기 옷과 신고 있는 나막신 한 켤레뿐이었습니다.

‘네로, 나를 위해서라면 아무것도 하지 않아도 돼.’

파트라슈는 네로의 간절한 마음을 알아챘는지 손바닥을 핥았습니다.

12시 정오가 되면 미술 대회 입상자를 발표하기로 되어 있어 네로는 파트라슈와 함께 공회당으로 향했습니다.

공회당 주변에는 발표를 기다리는 청소년들이 가족들과 함께 모여 있었습니다. 그들 중에는 네로와 비슷한 또래가 있는가 하면 좀 더 나이 든 청년들도 있었습니다.

그들은 친구들이나 가족들과 동행했지만 네로는 파트라슈와 함께였습니다. 네로는 초조한 마음으로 발표가 되기만을 기다렸습니다.

"파트라슈, 만일 내가 수상하게 된다면 가장 먼저 널 행복하게 해 주고 싶어. 다시는 수레를 끌지 않게 해 주고 무엇보다도 배고프지 않게 해 줄게."

파트라슈가 네로의 마음을 읽은 듯 혀를 내밀어 네로의 손바닥을 핥았습니다.

이윽고 12시를 알리는 종소리가 울리자 공회당 문이 활짝 열렸습니다. 사람들이 공회당 안으로 몰려갔습니다. 사람들은 삼삼오오 모여 웅성거리면서 발표가 되기만을 기다렸습니다.

이윽고 수상자의 그림이 공회당 게시판에 높이 걸렸습니다. 네로는 떨리는 가슴을 안고 수상자의 그림을 똑똑히 바라보았습니다. 아아, 그러나 그 그림은 네로의 그림이 아니었습니다. 앤트워프 항구 풍경을 물감으로 채색한 그 그림은 부두 주인의 아들인 스테판의 그림이었습니다.

그 순간, 네로는 비에 젖은 진흙 인형처럼 온몸이 녹아 버리는 것만 같았습니다.

'아, 모든 것이 다 사라지고 말았어.'

네로는 돌계단 위에 그만 쓰러지고 말았습니다.

지나가는 사람들이 웅성거리는 소리가 들렸습니다.

"부두 주인의 아들 그림이 수상을 하다니 도무지 믿어지지가 않네요."

"심사 위원 중의 한 사람인 화가에게 그림을 지도 받았다는 소문을 들었어요."

"기부금을 많이 내서 당선시켰을지도 모르지요."

"루벤스의 이름이 걸린 미술 대회야말로 공정해야 하는 게 아닐까요?"

계단 위에 쓰러진 네로는 지나가는 사람들의 발길에 채였습니다. 그러자 파트라슈가 으르렁거리면서 쓰러진 네로를 보호해 주었습니다. 파트라슈가 쓰러진 네로의 얼굴을 핥아 주자 네로는 정신이 들었습니다. 네로가 정신을 차리고 몸을 일으켰을 때는 사람들이 모두 사라지고 없었습니다. 네로 곁에는 파트라슈가 웅크리고 있었습니다.

"파트라슈! 이젠 모든 게 끝났어! 아, 이젠 어디로 가야 하나?"

네로는 나이가 들어 뼈만 앙상하게 남은 파트라슈를 껴안고 한없이 눈물을 흘렸습니다.

"파트라슈, 정말 미안해. 이젠 너도 너무 늙고 지쳤을 텐데 너를 위해 내가 해 줄 수 있는 일이 아무것도 없구나!"

거리에는 함박눈이 내리고 크리스마스 종소리가 울려 퍼졌습니다. 어디로 가야 할지 모르는 네로는 겨우 몸을 일으켜 파트라슈를 따라 발걸음을 옮겼습니다. 그 길은 플랜더스로 향하는 길목이었습니다.

그때 파트라슈가 무슨 냄새를 맡았는지 코를 킁킁거리더니 눈길을 파헤쳐 무언가를 찾아냈습니다.

"파트라슈! 이게 뭐니?"

파트라슈가 입에 물고 건네준 것은 가죽으로 만들어진 지갑이었습니다.

"누가 지갑을 잃어버린 걸까?"

네로는 파트라슈가 건네준 가죽 지갑을 열어 보았습니다. 두툼한 지갑 속에는 미술 대회에 걸린 상금의 열 배쯤 되는 금화가 가득 들어 있었습니다. 가죽 지갑에는 '코제츠'라는 이름이 새겨져 있었습니다.

"파트라슈! 이 지갑은 알로아의 아버지 것이야."

네로가 파트라슈의 머리를 쓰다듬어 주었습니다.

"파트라슈! 이 지갑을 코제츠 씨에게 갖다 드리자."

네로는 파트라슈와 함께 알로아의 아버지에게 지갑을 돌려 드리기 위해 풍차 방앗간으로 향했습니다.

'그래, 이 지갑을 돌려 드리면서 알로아의 어머님께 파트라슈를 맡아 달라고 부탁 드려 보자.'

네로는 파트라슈와 헤어지는 것이 죽기보다 싫었지만 그 길만이 파트라슈를 살리는 길이라는 생각이 들었습니다.

'나를 따라다니면 파트라슈는 굶어 죽을지도 몰라.'

네로와 파트라슈는 눈보라를 뚫고 발목까지 빠지는 눈길을 걸어갔습니다.

풍차 방앗간 집에 도착한 네로는 알로아 집 문을 두드렸습니다.

"누구세요?"

알로아의 어머니가 문을 열어 주었습니다.

"어머나! 네로 아니냐? 이렇게 추운 날에……."

알로아의 어머니가 걱정이 가득한 얼굴로 말했습니다.

"네로, 알로아 아버지가 오시기 전에 어서 돌아가렴. 우리 집에 큰 걱정거리가 생겼단다. 알로아의 아버지가 집으로 돌아오는 길에 지갑을 잃어버렸단다. 이 모든 것이 너에게 모질게 대한 벌인지도 모르지."

알로아의 어머니가 넋두리를 하듯 말했습니다.

"파트라슈가 길에서 코제츠 씨의 지갑을 주웠어요. 그래서 이걸 전해 드리려고요."

네로가 알로아의 어머니께 지갑을 내밀었습니다.

"네로! 이 지갑을 어떻게 찾았니? 정말 고맙구나! 사실 이 지갑 속에는 우리의 전 재산이나 다름없는 돈이 들어 있단다."

알로아의 어머니가 너무 기뻐서 금세 얼굴이 환해졌습니다.

"그 지갑은 파트라슈가 눈길 위에서 찾은 것이에요."

"파트라슈가? 정말 영리한 개로구나. 고맙다! 파트라슈!"

코제츠 씨 부인이 까칠해진 파트라슈의 갈색 털을 쓰다듬어 주면서 말했습니다.

"알로아 어머니, 부탁이 하나 있어요."

네로가 망설이며 어렵게 말을 꺼냈습니다.

"네로, 무슨 부탁인지 모르지만 바깥 날씨가 추우니 파트라슈랑 들어와서 이야기해 보렴."

네로와 파트라슈는 불이 지펴진 따뜻한 벽난로 옆에 앉았습니다. 벽난로 위에는 네로가 널빤지에 숯덩이로 그린 알로아의 그림이 놓여 있었습니다. 네로는 그 그림을 보자 알로아와 행복하게 지내던 시절이 생각났습니다.

'아아, 행복했던 그 시절로 되돌아갈 수만 있다면…….'

이 층에서 방금 내려온 알로아가 네로를 보자 깜짝 놀랐습니다.

"네로! 정말 오랜만이야. 그런데 이렇게 늦은 밤에 무슨 일이야?"

알로아가 반가움에 떨리는 목소리로 말했습니다.

"알로아! 파트라슈가 아버지의 잃어버린 지갑을 찾았단다. 이 보답을 어떻게 해야 할지 모르겠구나."

코제츠 부인이 기쁨에 들뜬 목소리로 말했습니다.

"그게 정말이에요?"

알로아도 아버지가 지갑을 잃어버려 집 안에 어떤 어려움이 닥칠지 어머니와 함께 큰 걱정을 하고 있던 중이었습니다.

"네로야, 부탁이 있다고 했지? 무슨 부탁인지 모르지만 따뜻한 수프라도 먹으면서 이야기 하렴."

코제츠 부인이 상냥하게 말했습니다.

"저는 괜찮지만 파트라슈에게 따뜻한 음식을 주시면 고맙겠습니다."

알로아가 파트라슈에게 수프를 가져다주었지만 지친 파트라슈는 먹지 않았습니다.

"알로아 어머니, 파트라슈 좀 맡아 주시겠어요? 저를 따라다니면 파트라슈는 굶어 죽을지도 몰라요. 파트라슈는 이제 너무 나이가 들고 지쳤거든요. 부탁드립니다. 그럼 안녕히……."

네로는 파트라슈를 남겨 둔 채 문을 박차고 뛰쳐나왔습니다. 그렇게 하지 않으면 파트라슈와 작별을 하기가 쉽지 않을 것 같아서였습니다.

"컹컹컹!"

파트라슈가 슬픈 목소리로 울부짖었습니다.

"파트라슈! 네로는 꼭 다시 돌아올 거야."

파트라슈가 문밖으로 뛰쳐나가지 못하도록 알로아가 붙잡았습니다.

네로는 멀리서도 파트라슈가 울부짖는 소리를 들을 수 있었습니다.

"파트라슈! 잘 지내. 알로아가 잘 보살펴 줄 테니까 더 이상 굶는 일은 없을 거야."

네로는 눈보라를 헤치고 앤트워프를 향해 힘없이 걸었습니다. 눈길에 찍힌 하얀 발자국만이 네로의 뒤를 따랐습니다. 눈보라가 심해서 네로가 쓴 모자가 바람에 저 멀리 날아가고 말았습니다.

사라진 파트라슈

코제츠 씨는 밤이 늦도록 지갑을 찾기 위해 마을 사람들을 동원해 눈길을 찾아 헤매었습니다. 급히 달리다 보니 말안장에 채운 지갑이 눈길에 떨어진 것이었습니다. 그 지갑 속에는 불이 난 풍차 방앗간을 다시 복구하기 위해 받은 보험금이 들어 있었습니다.

눈보라 속에서 지갑을 찾는다는 일은 사막에서 바늘을 찾는 일처럼 쉽지 않았습니다. 게다가 그토록 많은 돈이 들었다면 지갑을 누군가 주웠다 해도 주인에게 돌려주지 않을 게 뻔한 일이었습니다.

"아무래도 지갑을 찾긴 틀린 것 같소."

밤이 늦어서야 코제츠 씨는 힘이 다 빠진 모습으로 집에 도착했습니다.

엄격하기만 하던 코제츠 씨의 목소리가 떨렸습니다.

"아, 이제 모든 게 끝장이야!"

눈보라 속에서 지갑을 찾던 코제츠 씨는 집에 들어서자마자 의자 위에 털썩 주저앉았습니다.

"여보, 당신이 잃어버렸던 지갑을 찾았어요."

알로아의 어머니가 지갑을 코제츠 씨에게 내밀었습니다.

"아니, 이 지갑을 어떻게 찾았소?"

코제츠 씨가 놀라움에 화등잔만큼 눈이 커다래져서 물었습니다.

"파트라슈가 눈길에서 찾은 걸 네로가 가져왔어요."

"네로가?"

코제츠 씨는 아내한테서 건네받은 지갑을 열어 보았습니다. 지갑 속에는 돈이 그대로 들어 있었습니다. 코제츠 씨는 두 손으로 얼굴을 감싸 안았습니다.

"이토록 정직한 아이에게 내가 그동안 너무했어. 그런 줄도 모르고 네로를 이 마을에서 쫓아내려고 했지. 어떻게 네로에게 보답을 하지?"

코제츠 씨는 자신의 모습이 부끄러웠습니다.

"아직 늦지 않았어요. 할아버지가 돌아가셔서 네로가 갈 곳이 없는데 앞으로 우리 집에서 함께 지내도록 하는 게 어떨까요?"

알로아의 어머니가 간절하게 말했습니다.

"그것도 나쁘진 않지. 지갑을 찾아 준 보답으로 네로에게 알로아와 같이 학교 교육을 시켜야겠소."

코제츠 씨가 흔쾌히 대답했습니다.

“아버지, 그렇다면 네로와 함께 학교에 가게 되나요?”

“그래, 네로는 그림을 잘 그리니까 그림 공부도 시키면 좋겠구나.”

“아버지, 그럼 예전처럼 네로와 함께 지내도 되는 거죠?”

“그렇고말고. 마침 내일이 크리스마스니까 네로에게 우리와 함께 지내자고 하렴.”

“그게 정말이세요? 아버지, 정말 고마워요.”

알로아가 너무 기뻐서 코제츠 씨의 뺨에 입을 맞추었습니다.

“파트라슈! 이젠 우리 집에서 모두 함께 지내도 되는 거야.”

알로아가 파트라슈를 쓰다듬으면서 말했지만 파트라슈는 네로가 걱정되어 슬픈 눈빛으로 끙끙거리기만 했습니다.

그날 밤, 풍차 방앗간 집은 많은 손님들을 초대해 크리스마스 파티를 열었습니다.

코제츠 씨는 사람들에게 파트라슈가 지갑을 찾아 준 이야기를 하면서 네로가 얼마나 정직한 소년인지 사람들에게 이야기해 주었습니다.

“제한다스 할아버지를 보면 네로가 어떤 아이인지 알 수 있어요.”

"그래요. 그분은 가난했지만 한평생 정직한 모습으로 살아오셨으니까요."

"풍차 방앗간에 불이 난 것도 풍차를 고치던 사람이 버린 담뱃불이 곡식 자루에 옮겨 붙어서 그랬던 거래요."

"에휴, 그런 줄도 모르고 공연히 가엾은 네로가 누명을 썼지 뭐예요."

"우리 모두 뉘우치는 뜻으로 앞으로 네로를 다시 만나면 친절하게 대해 줘야겠어요."

"그렇고말고요. 네로만 한 아이가 없지요. 그림도 잘 그리는 데다가 정직하고 착하기까지 하니까 말이에요."

마을 사람들이 마음 놓고 네로를 칭찬했습니다.

알로아는 파트라슈를 아궁이의 불이 타고 있는 부엌으로 데리고 가 따뜻한 잠자리를 마련해 주었습니다. 그리고 파트라슈를 달래기 위해 여러 가지 맛있는 음식을 준비했습니다.

파트라슈는 네로가 없이는 어떤 음식도 입에 대지 않았습니다. 풍차 방앗간 집의 부엌은 따뜻했지만 파트라슈에겐 포근한 잠자리도 지금은 아무 소용이 없었습니다.

"파트라슈! 날이 밝으면 네로를 찾으러 가 보자. 오늘 밤은 눈보라가 드세니까 이곳에서 자도록 하렴"

알로아가 파트라슈를 위로해 주고 나서 제 방으로 돌아갔습니다. 알로아는 내일이면 네로를 다시 만날 수 있다는 생각에 잠이 오지 않았습니다.

'어서 내일이 왔으면……. 네로, 이젠 예전처럼 함께 지낼 수 있게 되었단다.'

알로아는 침대에서 뒤척이다가 겨우 잠이 들었습니다.

그날 밤, 알로아는 꿈을 꾸었습니다. 알로아가 파트라슈에게 꽃목걸이를 만들어 주고, 네로는 알로아에게 꽃으로 관을 만들어 머리 위에 씌워 주었습니다. 네로가 아름다운 알로아의 모습을 그림으로 그렸습니다. 그 그림은 널빤지에 숯덩이로 그린 그림이 아니라 물감으로 채색된 아름다운 그림이었습니다. 파트라슈는 즐거운지 컹컹 짖으면서 두 사람 사이를 맴돌았습니다.

그런데 갑자기 어디선지 센바람이 불어왔습니다. 파트라슈의 목에 걸린 꽃목걸이가 바람에 흩어졌습니다. 네로가 그린 알로아의 그림도 드센 바람에 저만치 날아갔습니다.

"알로아, 기다려! 그림을 찾아올게."

네로가 바람에 날아간 그림을 찾으러 언덕으로 올라갔습니다. 그 언덕 너머는 벼랑 끝이었습니다.

"안 돼! 네로! 위험해. 가지 마!"

알로아는 그 순간 꿈에서 깨어났습니다.

알로아는 벼랑 끝에 서 있는 네로의 모습이 지워지지 않았습니다.

"네로가 그렇게 가 버리다니……."

잠이 깬 알로아는 밤새 불길한 꿈에 시달리며 뒤척이다가 겨우 잠이 들었습니다.

그때 밖으로 뛰쳐나갈 기회만을 엿보고 있던 파트라슈가 하인이 문을 연 사이 문틈으로 빠져 달아났습니다.

"파트라슈!"

하인이 소리쳤지만 파트라슈는 쏜살같이 어둠 속으로 사라졌습니다.

"파트라슈가 사라졌어요!"

하인이 고함치는 소리에 알로아는 잠이 깼습니다.

"파트라슈가 사라졌다고?"

파트라슈는 눈보라를 헤치고 앤트워프로 향하는 들판을 달렸습니다. 네로의 발자취는 눈이 쌓여 거의 사라지고 없었습니다.

숲에서 네로의 모자를 발견한 파트라슈는 모자를 입에 물고 네로의 발자취를 따라 눈보라 치는 들판을 내달렸습니다.

파트라슈는 몹시 지쳤지만 숲에 버려진 자신을 구해 준 옛일을 생각하면서 우정과 인내의 힘으로 멀리 있는 네로를 찾아가고 있었습니다.

크리스마스 축제를 위해 마차를 타고 가던 마을 사람들이 눈보라 속을 혼자 달려가는 파트라슈를 발견했습니다.

"저 개는 우유 수레를 나르는 파트라슈 아냐?"

"그럴 리가 없어요. 파트라슈는 언제나 네로와 함께 다니는걸요."

마차는 파트라슈 곁을 스쳐 지나 눈보라 치는 어둠 속으로 사라져 갔습니다.

여기 고이 잠들다

네로는 크리스마스 분위기로 한껏 들떠 있는 앤트워프 거리를 혼자 헤매었습니다. 파트라슈마저 곁에 없으니 이 세상에 혼자가 된 느낌이었습니다.

거리의 사람들은 웃고 떠들면서 즐거운 표정으로 네로 곁을 스쳐 지나갔습니다.

"모두들 저렇게 행복한데 나만 혼자 슬픔에 젖어 있구나."

네로는 자신도 모르게 대성당 앞까지 왔습니다. 크리스마스 전날이므로 대성당 문은 열려 있었습니다.

네로는 몹시 지치고 배가 고팠지만 루벤스의 그림을 마지막으로 한 번만 볼 수 있다면 죽어도 좋을 것 같았습니다.

자정 미사가 끝난 성당 안은 텅 비어 있었습니다. 네로는 십자가에 매달려 있는 예수님 앞에 무릎을 꿇고 기도를 드렸습니다.

"예수님, 지금 죽어도 좋으니 죽기 전에 루벤스의 그림을 한 번만 볼 수 있도록 소원을 들어 주세요."

밤이 깊어 갈수록 성당 안은 점점 추워졌습니다. 십자가에 매달린 예수님 앞에 엎드려 기도하는 네로의 손도 꽁꽁 얼어 감각이 없었습니다.

"할아버지, 저도 할아버지를 따라가고 싶어요. 저는 이제 더 버틸 힘이 없답니다. 알로아의 집에 맡겨진 파트라슈가 더 이상 배를 곯지 않고 잘 지내기만을 바랄 뿐입니다."

네로는 간절히 기도를 드리다가 그만 그 자리에 쓰러지고 말았습니다. 바로 그때였습니다. 네로를 찾아 헤매던 파트라슈가 성당 안으로 달려 들어왔습니다. 파트라슈가 대성당 계단으로 이어진 네로의 흔적을 따라 마침내 네로가 있는 곳을 찾아온 것이었습니다.

파트라슈가 네로의 꽁꽁 언 몸을 따뜻하게 감싸 주었습니다. 몸이 따뜻해지자 네로가 정신이 들었습니다.

"파트라슈! 어떻게 여기까지 왔니?"

네로가 힘없이 파트라슈를 껴안았습니다.

파트라슈의 입에는 네로의 모자가 물려 있었습니다.

"파트라슈! 이제 우리 다시는 헤어지지 말자. 파트라슈!"

바로 그때, 기적처럼 루벤스의 그림을 가렸던 휘장이 바닥에 떨어지고 달빛이 환하게 비추자 어두웠던 성당 안이 갑자기 환해졌습니다.

"파트라슈! 저길 봐."

네로가 루벤스의 그림을 가리켰습니다.

네로는 성당 안의 촛불을 가져다가 루벤스의 그림을 가까이 비춰 보았습니다. 네로가 그토록 보고 싶어 하던 '십자가에서 내려지는 예수님' 그림이었습니다.

"아아, 루벤스 그림이야! 죽기 전에 저 그림을 꼭 한 번 보고 싶었는데……."

네로는 루벤스 그림을 바라보면서 넋을 잃은 듯이 혼자 중얼거렸습니다.

'그래, 나는 보았어. 파트라슈, 너도 보았지? 루벤스의 위대한 그림을 보았으니 난 이제 죽어도 한이 없어.'

성모 마리아를 닮은 어머니가 날개 달린 천사가 되어 네로를 포근하게 안아 주었습니다.

"아, 이제야 생각났어요. 이 성당에 오면 왠지 와 본 것만 같은 느낌이 드는 건……. 제가 아주 어릴 때 어머니와 함께 이곳에 몇 번 온 적이 있었어요."

네로는 혼자 중얼거리면서 파트라슈를 부둥켜안은 채 그대로 잠이 들었습니다.

"아, 파트라슈, 이젠 아무것도 바랄 것이 없어."

네로의 입가에 미소가 번졌습니다.

"파트라슈, 너도 고단하지? 너무 오랫동안 수레를 끌어서 고단할 거야. 나도 고단해서 잠이 와. 잠이 들면 꿈을 꾸겠지?"

루벤스의 그림 속 천사들이 내려와 네로와 파트라슈를 안고 하늘로 날아올랐습니다. 어디선지 파이프 오르간으로 연주하는 성가 소리가 들려왔습니다.

꿈속에서 네로는 할아버지를 만났습니다. 할아버지는 오두막집에서 살고 계셨습니다. 텃밭에는 약초와 누에콩이 자라고 있었습니다.

"네로야, 어서 오너라. 파트라슈도 함께 왔구나! 너희들이 올 줄 알고 기다리고 있었단다."

네로는 할아버지 품에 안겼습니다.

"할아버지! 얼마나 보고 싶었는지 몰라요."

"그래, 이제 우리 가족이 다 모였으니 헤어지지 말고 행복하게 지내자꾸나."

구름이 달빛을 가리자 성당 안은 다시 어두워졌

습니다. 어둠에 파묻혀 루벤스의 그림도 더 이상 보이지 않았습니다.

다음 날 새벽, 네로와 파트라슈를 처음 발견한 사람은 신부님이었습니다. 새벽 미사를 드리기 위해 성당 문을 열고 들어선 신부님은 한 소년이 개를 부둥켜안은 채 바닥에 쓰러져 있는 모습을 보자 깜짝 놀랐습니다. 그들은 이미 싸늘하게 얼은 채 죽어 있었습니다.

"주여, 이 가엾은 영혼을 거두소서!"

신부님이 가슴에 성호를 그으면서 말했습니다.

미사가 시작되는 종이 울리자 성당 안으로 들어온 사람들이 한 소년이 개를 부둥켜안은 채 하늘나라로 떠난 모습을 보았습니다.

"세상에, 이렇게 가여울 수가……."

"불쌍한 네로……."

사람들이 눈시울을 붉히며 성호를 그었습니다.

신부님은 루벤스의 그림을 가렸던 천으로 네로와 파트라슈를 덮어 주었습니다.

"이제 루벤스의 그림을 가려 놓지 않겠습니다. 누구나 볼 수 있도록 그림을 개방해 놓겠습니다."

신부님의 말에 사람들이 고개를 끄덕였습니다.

뒤늦게 소식을 들은 코제츠 씨가 알로아와 함께 황급히 달려왔습니다.

"아아, 네로, 파트라슈! 죽으면 안 돼. 어서 일어나. 우리 집에서는 너를 맞이할 준비가 다 되어 있단 말이야."

알로아가 네로와 파트라슈를 함께 껴안으면서 큰 소리로 울부짖었습니다.

루벤스의 그림을 향해 있는 네로의 창백한 얼굴은 '이젠 늦었어.' 하고 대답하는 것만 같았습니다.

"네로, 이제 너에게 용서를 빌 기회조차 잃고 말았구나!"

코제츠 씨가 진심으로 참회하는 눈물을 흘리면서 낮게 말했습니다.

그때 모자를 쓴 신사 한 분이 나타났습니다. 그분은 바로 네로와 만났던 화가 선생님이었습니다.

"저는 이 소년을 알고 있습니다. 이 소년이야말로 미술 대회의 수상자나 다름없습니다. 이번에 출품한 그림을 심사하면서 소년의 그림에는 루벤스에 버금가는 천재성이 담겨 있음을 발견할 수 있었습니다. 비록 다른 심사 위원들의 반대로 소년의 그림이 수상작이 되진 못했지만 저는 이 소년을 찾아 예술

가의 길로 인도할 생각이었습니다. 아, 그렇지만 너무 늦고 말았군요."

화가 선생님이 모자를 벗고 침통한 표정으로 고개를 떨구었습니다.

네로의 장례식에 참석했던 화가 선생님은 네로가 살던 오두막집 헛간에서 네로가 그린 그림 여러 점을 발견했습니다. 나무를 하는 사람, 풍차 방앗간에서 일하는 사람, 들판에서 이삭을 줍는 사람, 감자를 먹는 사람, 대장간에서 일하는 사람, 부두에서 짐을 나르는 사람…….

네로가 그린 그림들은 마을에서 일을 하는 사람들의 소박한 모습이었습니다.

목탄으로 그린 네로의 그림들은 초라해 보였지만 성서의 이야기나 부자들의 모습이 아니었습니다. 네로가 그린 그림들은 모두들 땀을 흘리면서 일을 하거나 가난한 사람들이 살아가는 진솔한 모습들이었습니다.

“이 그림들이야말로 사람들의 고뇌가 깃들어져 있는 훌륭한 작품들이야.”

화가 선생님이 감탄하면서 말했습니다.

네로와 파트라슈는 할아버지 곁에 나란히 묻혔습니다.

살아 있는 동안 함께 지냈던 네로와 파트라슈는 죽어서도 결코 떨어지지 않았습니다. 네로의 팔이 파트라슈를 아주 꼭 안았기 때문에 사람의 힘으로는 그들을 도저히 떼어 낼 수 없었습니다.

마을 사람들은 네로와 파트라슈를 함께 묻어 주었습니다.

[소년 화가 네로의 묘]

영원한 친구 네로와 파트라슈 여기 고이 잠들다.

네로와 파트라슈의 묘비에는 이런 글귀가 새겨졌습니다.

네로와 파트라슈가 고이 잠든 묘지에는 늘 싱싱한 꽃다발이 놓여 있었습니다. 그들을 잊지 못하는 알로아와 그들을 오래도록 기억하는 사람들이 놓아둔 꽃다발이었습니다.

● 이해 능력 Level Up!

1. 아래 글을 읽고, 파트라슈의 옛 주인이 무슨 일을 하는 사람이었는지 고르세요.

> 순수 혈통을 이어받은 파트라슈는 태어난 지 1년쯤 지났을 때 주정뱅이 철물 장수의 눈에 띄었습니다.
> "아직 수레를 끌기에는 어리지만 튼튼한 다리를 보니 꽤 쓸모가 있겠는걸."
> 떠돌이 철물 장수는 주인에게 파트라슈가 어리다는 이유로 헐값에 흥정했습니다.

1) 농부　　2) 철물 장수　　3) 화가
4) 우유 장수　　5) 술집 주인

2. 플랜더스의 개들은 주로 어떤 일을 했나요?

1) 집 보는 일
2) 눈먼 주인을 돌보는 일
3) 눈썰매를 끄는 일
4) 사냥하는 일
5) 짐수레를 끄는 일

3. 파트라슈는 어떻게 네로와 살게 되었나요?

1) 파트라슈가 옛 주인에게서 도망을 쳐서
2) 길가 숲에 버려진 파트라슈를 네로가 구해 주어서
3) 우유 배달을 시키려고 할아버지가 데려와서
4) 코제츠 씨가 지갑을 찾아 준 보답으로 주어서
5) 길 잃은 개를 네로가 집으로 데려와서

4. 앤트워프 대성당에는 유명한 화가의 그림이 걸려 있습니다. 그 화가는 누구인가요?

1) 고흐 2) 피카소 3) 루벤스
4) 고갱 5) 레오나르도 다 빈치

5. 아래 글을 읽고, 코제츠 씨가 외동딸인 알로아와 네로가 어울리는 것을 못마땅하게 생각한 이유를 찾아보세요.

> "난 우리 딸이 고아나 다름없는 가난뱅이와 어울리는 게 싫소. 게다가 그림을 그린다니, 평생 가난에서 벗어나지 못할 거요. 만일 네로와 어울리게 그냥 내버려 둔다면 알로아를 수도원에 맡겨 버릴 생각이니 그리 아시오!"

1) 네로의 할아버지와 사이가 나빴기 때문에
2) 코제츠 부인이 네로를 싫어했기 때문에
3) 네로가 방앗간에 불을 질렀다고 의심했기 때문에
4) 네로가 가난했기 때문에

5) 네로가 알로아보다 그림을 더 잘 그렸기 때문에

6. 제한다스 할아버지에 대한 설명으로 바르지 않은 것은?

1) 네로의 외할아버지이다.
2) 네로가 훌륭한 화가가 되길 바란다.
3) 젊은 시절 전쟁터에서 다리를 다쳤다.
4) 가난했지만 평생 정직하게 살았다.
5) 외동딸이 병을 얻어 먼저 세상을 떠났다.

7. 아래 글을 읽고, 알로아의 아버지가 집으로 돌아오는 길에 잃어버린 물건은 무엇이었는지 (　　)에 들어갈 말을 고르세요.

> 눈보라 속에서 (　　)을 찾는다는 일은 사막에서 바늘을 찾는 일처럼 쉽지 않았습니다. 게다가 그토록 많은 돈이 들었다면 (　　)을 누군가 주웠다 해도 주인에게 돌려주지 않을 게 뻔한 일이었습니다.
> "아무래도 (　　)을 찾긴 틀린 것 같소."
> 밤이 늦어서야 코제츠 씨는 힘이 다 빠진 모습으로 집에 도착했습니다. 엄격하기만 하던 코제츠 씨의 목소리가 떨렸습니다.
> "아, 이제 모든 게 끝장이야!"

1) 가방　　2) 알로아의 생일 선물　　3) 지갑
4) 신발　　5) 크리스마스 선물

8. 네로가 그린 알로아의 그림에 대한 설명으로 바르지 않은 것을

골라 보세요.

1) 네로는 그림 값으로 은화 한 닢을 받았다.
2) 널빤지에 숯덩이로 그린 그림이다.
3) 풍차 언덕을 배경으로 앉아 있는 알로아의 모습을 그렸다.
4) 코제츠 씨는 함부로 알로아를 그리지 말라고 꾸짖었다.
5) 알로아네 집 벽난로 위에 놓여 있었다.

9. 다음 글을 읽고, 앤트워프 미술 대회에 대한 설명으로 바르지 않은 것을 고르세요.

> 화가 루벤스가 태어난 고장인 앤트워프에서는 해마다 위대한 화가를 기념하기 위한 미술 대회가 열렸습니다. 18세 이하의 소년이라면 누구든 그림을 출품할 자격이 있었습니다. 미술 대회에서 입상을 하면 상금뿐만 아니라 화가의 길로 들어설 수 있는 영광을 얻을 수가 있었습니다.

1) 입상자 발표 날은 크리스마스이다.
2) 해마다 열린다.
3) 열여덟 살 이하는 누구나 참가할 수 있다.
4) 입상을 하게 되면 큰 상금을 받는다.
5) 화가가 될 수 있는 기회가 주어진다.

10. 할아버지가 돌아가신 후 네로가 겪게 된 일을 모두 고르세요.

1) 마을 사람들은 할아버지의 장례를 성대히 치러 주었다.

2) 집주인이 찾아와 집을 비워 달라고 했다.
3) 할아버지가 남겨 주신 유산을 받게 되었다.
4) 할아버지와 함께했던 정든 오두막집을 떠나야 했다.
5) 코제츠 씨가 찾아와 같이 살자고 했다.

11. 파트라슈는 네로를 만나기 전에 어떻게 지냈나요?

1) 부잣집에서 편하게 지냈다.
2) 힘들게 일했지만 주인은 친절했다.
3) 주인은 파트라슈를 매우 아끼고 사랑했다.
4) 짐수레를 끄는 일이 끝나면 배불리 먹을 수 있었다.
5) 주인의 채찍질과 배고픔 등의 고통을 겪었다.

12. 할아버지는 네로가 커서 어떤 사람이 되기를 바라셨나요?

1) 선생님 2) 의사 3) 농부
4) 화가 5) 신부님

13. 다음 중 이야기의 순서에 맞게 나열한 것을 고르세요.

(가) 할아버지는 네로를 남겨 둔 채 세상을 떠났다.
(나) 집주인이 찾아와 집을 비워 달라고 했다.
(다) 어느 날 밤, 풍차 방앗간에 불이 났다.
(라) 알로아의 생일에 네로는 초대받지 못했다.

1) (라)-(가)-(나)-(다) 2) (나)-(다)-(가)-(라)
3) (가)-(나)-(다)-(라) 4) (라)-(다)-(가)-(나)

5) (다)-(가)-(나)-(라)

14. 다음 글을 읽고, 알로아의 집에서 빠져나온 파트라슈가 네로를 발견한 곳은 어디였는지 고르세요.

> 네로는 간절히 기도를 드리다가 그만 그 자리에 쓰러지고 말았습니다. 바로 그때였습니다. 네로를 찾아 헤매던 파트라슈가 대성당 안으로 달려 들어왔습니다. 파트라슈가 대성당 계단으로 이어진 네로의 흔적을 따라 마침내 네로가 있는 곳을 찾아온 것이었습니다.

1) 오두막집
2) 대성당 안
3) 함께 놀던 언덕
4) 할아버지의 무덤 앞
5) 앤트워프 시내

● 논리 능력 Level Up!

1. 파트라슈의 전 주인인 철물 장수는 왜 파트라슈를 그렇게 괴롭혔나요?

2. 파트라슈를 길가 숲에 버린 철물 장수가 수레를 끌고 가면서 느낀 것은 무엇인지, 아래 글을 읽고 써 보세요.

> 루반 마을까지 무거운 짐수레를 손수 끌고 가던 철물 장수는 그제야 파트라슈가 얼마나 힘이 세고 참을성이 많은 충직한 개였는지 절실히 깨닫게 되었습니다.
> "어디 가서 그렇게 힘이 세고 충성스러운 개를 구한담. 기껏 수레를 끌 만큼 키워 놨더니 그렇게 맥없이 죽어 버리다니……."

3. 네로가 파트라슈를 집에 데리고 가서 보살펴 주자고 하자 할아버지는 망설입니다. 아래 글을 읽고, 왜 그랬는지 써 보세요.

오두막집에서 단둘이 사는 할아버지와 네로는 그날 그날 끼니를 이어 가기도 힘든 형편이었습니다.

"하지만 네로야, 우리는 이 개를 돌봐 줄 힘이 없단다."

가난한 형편에 다른 식구를 받아들인다는 것이 쉽지 않았습니다.

4. 네로는 외할아버지와 어떻게 함께 살게 되었나요?

5. 네로와 파트라슈가 무거운 수레를 끌고 다니는 것을 보고 마을 사람들은 어떻게 했나요?

6. 파트라슈는 전 주인을 만나자 마구 달아났습니다. 아래 글을 읽고, 그 이유를 세 가지만 써 보세요.

만일 철물 장수에게 붙잡히면 다시 옛날처럼 무거운 짐수레를 끌면서 채찍으로 맞아야 하는 고단한 삶으로 돌아가야 할지도 몰랐습니다.

파트라슈는 무엇보다도 정든 네로와 헤어지는 게 죽기보다 싫었습니다. 그리고 죽어가는 자신의 생명을 구해 주고 따뜻한 가족으로 맞이해 준 할아버지에 대한 고마움을 갚아야 했습니다.

7. 네로가 앤트워프 대성당에서 그토록 보고 싶어했던 그림은 무엇이었는지, 아래 글에서 찾아 써 보세요.

> '아아, 위대한 루벤스의 그림을 한 번만 볼 수 있다면…….'
> 루벤스의 그림은 예수님의 성상을 중심으로 오른쪽에는 '십자가 위의 예수님'이 걸려 있고, 왼쪽에는 '십자가에서 내려지는 예수님'이 걸려 있었습니다.

8. 네로가 미술 대회에 낸 그림은 어떤 그림인가요?

9. 할아버지는 왜 네로가 화가가 되는 걸 원치 않았나요?

10. 네로가 풍차 방앗간에 불을 지른 범인으로 누명을 쓰게 된 이유는 무엇인가요?

11. 알로아의 아버지는 네로가 그린 그림을 보고 은화 한 닢을 내밀었지만, 네로는 거절했습니다. 아래 글에서 그 이유를 찾아보세요.

> "네로! 다시는 알로아를 불러내지 마라. 그리고 이 그림은 내가 가져갈 테니 대신 이 돈을 받아라."
> 코제츠 씨는 선심이라도 쓴다는 듯이 네로에게 은화 한 닢을 내밀면서 말했습니다.
> "돈은 받지 않겠습니다. 저는 돈을 받기 위해서 그림을 그린 게 아 니니까요."
> 네로는 코제츠 씨가 주는 은화를 거절했습니다.

12. 아래 글을 읽고, 풍차 방앗간에 불이 난 사건 이후 마을 사람들이 네로에게 어떻게 대했는지 써 보세요.

하지만 풍차 방앗간 주인의 눈 밖에 나는 것이 두려워 아무도 네로의 편에 서서 두둔하지 않았습 니다. 결국 네로는 풍차 방앗간에 불을 지른 범인으로 억울한 누명을 쓰게 되었습니다. 그 일이 있은 후, 마을 사람들은 전처럼 네로와 파트라슈에게 친절하지 않았습니다.

13. 네로에게는 꿈을 키워 나가는 비밀 장소가 있었습니다. 거기서 네로는 무엇을 했나요?

14. 네로는 일자리를 구하러 미술 재료를 파는 상점에 갔습니다. 거기서 화가 선생님을 만났습니다. 이 화가 선생님은 네로에게 어떻게 해 주었나요?

15. 아래 글을 읽고, 네로가 알로아의 어머니에게 파트라슈를 부탁하려고 했던 이유를 써 보세요.

파트라슈와 헤어지는 것이 죽기보다 싫었지만 파트라슈를 살리는 길은 그것밖에 없다는 생각이 들었습니다.

'나를 따라다니면 파트라슈는 굶어 죽을지도 몰라.'

네로와 파트라슈는 눈보라를 뚫고 발목까지 빠지는 눈길을 걸어갔습니다.

● 논술 능력 Level Up!

1. 만약 여러분이 길가에 버려진 파트라슈를 보았다면 어떻게 했을까요? 동물뿐만 아니라 어려움에 처해 있는 누군가를 도와준 경험과 그때의 느낌을 써 보세요.

2. 네로는 파트라슈가 눈 속에서 찾아 낸 알로아 아버지의 지갑을 가져다 줍니다. 네로의 행동에 대해 어떻게 생각하는지, 또 여러분이 네로였다면 어떻게 행동했을지 써 보세요.

3. 아래 글에 나타나 있는 것과 같이 네로는 알로아의 생일 파티에 초대받지 못했습니다. 친한 친구의 생일 파티에 초대받지 못했다면 여러분은 어떻게 했을까요?

> 알로아의 집에서 아이들의 웃음소리와 노랫소리가 바람에 실려 왔습니다.
>
> "네로, 오늘은 알로아의 생일 아니냐?"
>
> 할아버지가 시무룩해 있는 네로에게 물어보았습니다.
>
> "할아버지, 저는 알로아의 생일 파티에 초대받지 못했어요."
>
> 네로는 그날 코제츠 씨와 만난 이야기를 할아버지께 말씀드렸습니다.

4. 네로는 가난한 환경 속에서도 화가가 되려는 꿈을 위해 열심히 노력했습니다. 여러분은 어떤 꿈을 갖고 있는지, 그 꿈을 이루기 위해 어떤 노력을 하는지 써 보세요.

5. 네로는 밀린 집세를 내지 못해 오두막집에서 쫓겨나게 되었습니다. 늙은 파트라슈와 네로는 어떻게 되었나요? 만약 여러분이 이런 처지에 놓인다면 어떻게 극복해 나갈지 써 보세요.

6. 네로는 죽어 가는 파트라슈를 구해 주고, 파트라슈는 자신의 생명을 구해 준 은인을 위해 무거운 수레를 열심히 끌다가 죽음마저 함께합니다. 우리는 이처럼 인간과 동물의 사랑이 담긴 이야기를 통해 교훈을 얻곤 합니다. 여러분도 이와 같이 아름다운 경험을 한 적이 있는지요? 있다면 그 이야기를 글로 써 보세요.

풀이

이해 능력 Level Up!

1. 2)	2. 5)	3. 2)	4. 3)	5. 4)
6. 2)	7. 3)	8. 1)	9. 1)	10. 2), 4)
11. 5)	12. 3)	13. 4)	14. 2)	

논리 능력 Level Up!

1. 철물 장수는 한 번도 동물을 사랑해 본 적이 없었으며, 또 개들은 채찍으로 때려 버릇을 들여 놓지 않으면 말을 듣지 않는다고 생각했기 때문이다.

2. 파트라슈가 얼마나 힘이 세고 참을성이 많으며 충성스러운 개였는지 깨닫게 되었다.

3. 오두막집에서 단둘이 살고 있는 할아버지와 네로는 그날 그날의 끼니를 이어 가기도 힘든 형편이었기 때문이다.

4. 할아버지의 외동딸인 네로의 어머니가 병을 얻어 일찍 세상을 떠났기 때문에 네로는 외할아버지와 함께 살게 되었다.

5. 어린 네로가 몸이 불편한 할아버지를 대신해 힘든 일을 하는 것을 보고 칭찬을 아끼지 않았으며, 가끔 먹을 것과 땔감을 나누어 주기도 했다.

6. ① 채찍으로 맞았던 기억이 되살아났기 때문이다.
   ② 정든 네로와 헤어지기 싫었기 때문이다.

③ 자신의 생명을 구해 준 할아버지의 은혜를 갚고 싶었기 때문이 다.

7. 루벤스의 '십자가 위의 예수님'과 '십자가에서 내려지는 예수님'

8. 쓰러진 나무 위에 걸터앉아 저녁놀을 바라보고 있는 미셸 할아버지의 모습을 그린 그림이다.

9. 네로는 가난에서 벗어나 좀 더 나은 삶을 살기를 바랐는데, 화가가 되면 평생 가난하게 살아야 한다고 생각했기 때문이다.

10. 불이 나던 날 밤, 네로는 길에서 주운 인형을 알로아에게 주려고 풍차 방앗간에 갔다. 그때 네로의 발자국이 헛간 지붕 위에 남아 있었기 때문에 네로가 누명을 쓴 것이다.

11. 은화 한 닢만 있으면 대성당에 걸려 있는 루벤스의 그림을 볼 수도 있었지만, 네로는 돈을 받으려고 알로아의 모습을 그린 것이 아니었기 때문에 돈을 받지 않았다.

12. 코제츠 씨의 눈 밖에 나지 않으려고 억울한 누명을 쓴 네로를 모른 척 차갑게 대했다.

13. 나무토막을 주워 이젤을 만들고 모아 둔 돈으로 종이를 사서 나무 위에 걸터앉아 있는 미셸 할아버지를 그렸다.

14. 화가 선생님이 쓰다 남은 물감과 그림 도구 등을 네로에게 챙겨 주었다.

15. 너무 늙고 지친 파트라슈를 굶어 죽지 않게 하기 위해서였다.

논술 능력 Level Up!

1. 예시 : 어느 날, 학교에서 돌아오는 길에 집을 잃은 강아지를 발견하고는 집에 데리고 와 어머니와 함께 깨끗이 씻겨 주었습니다. 그러고 나서 얼른 '알리는 글'을 만들어 동네 게시판에 붙여 두고 주인이 찾으러 올 때까지 돌보아 준 일이 있었습니다. 나의 작은 노력으로 길 잃은 강아지가 다시 주인을 찾게 되어 참 기뻤습니다. 남을 돕는 일은 결국 나 자신에게 큰 기쁨이라는 선물을 주는 일인 것 같습니다.

2. 예시 : 알로아를 만나지 못하게 하고, 불을 지른 누명까지 쓰게 한 알로아 아버지의 행동은 밉고 나빴습니다. 하지만 큰돈을 잃고 걱정하고 있을 알로아의 가족을 생각하고 지갑을 가져다준 네로의 마음씨는 정말 착하다고 생각합니다. 작은 것이라도 남의 물건을 주웠을 때는 네로처럼 정직하게 돌려주어야 합니다.

3. 예시 : 친하다고 생각했던 친구의 생일 파티에 초대받지 못했다면 무척 서운할 것입니다. 하지만 그런 일로 그 친구랑 다시는 놀지 않겠다고 생각하지는 않을 것입니다. 생일 파티에 친구들을 모두 다 초대할 수는 없는 일이니까요. 그렇지만 나중에 기회가 된다면 서운했던 마음은 알리고 싶습니다. 그리고 내 생일에는 초대장을 만들어서 그 친구를 초대하겠습니다.

4. 예시 : 나는 태권도나 유도 같은 운동을 하고 싶습니다. 그래서 올림픽 대회에 나갈 것입니다. 그 꿈을 이루려면 학교 공부는 물론이고, 태권도 학원 같은 곳에서 여러 가지 기술을 배워야 합니다. 하지만 먼저 아침 일찍 일어나고, 규칙적으로 생활하며, 음식을 골고루 먹는 것부터 실천하고 있습니다. 그래야 기초 체력이 좋아진다고 아버지

가 말씀하셨기 때문입니다. 앞으로는 책도 많이 읽어서 운동에 대한 지식도 쌓을 것입니다.

5. 예시 : 할아버지마저 돌아가셔서 네로의 처지가 무척 딱하게 되었습니다. 그래도 네로는 자신보다 늙은 파트라슈를 더 생각합니다. 마침 눈 속에서 알로아 아버지의 지갑을 줍게 되어 파트라슈를 부탁할 구실이 생겼지만, 앞이 막막하긴 마찬가지입니다. 결국 네로는 파트라슈만 알로아의 집에 맡기고 거리를 헤매다가 성당으로 갑니다. 거기서 신부님이나 수녀님, 그리고 신자들에게 도움을 청했더라면 어둡고 추운 성당 안에서 얼어 죽지는 않았을 텐데, 무척 안타깝습니다. 만일 내가 그러한 일을 겪는다면 주변의 어른들에게 도움부터 청하겠습니다. 그리고 내가 할 수 있는 일을 찾아 고마움에 보답할 것입니다.

6. 예시 : 오히려 사람이 예의와 도리를 지키지 않는 경우가 많은 요즘, 그래서 가난하지만 따뜻한 정이 흐르는 할아버지와 네로와 파트라슈의 이야기가 더욱 감동적이었습니다. 이와 비슷한 경험은 없지만, 텔레비전 방송을 통해 그런 이야기를 많이 접했습니다. 주인이 자고 있는데 불이 나자 자신의 몸에 물을 묻혀 불을 끄고 불에 타 죽은 개 이야기를 듣고, 마음이 아팠던 기억이 납니다.

초등 권장 도서 # 세계 명작 시리즈

01	어린 왕자	생텍쥐페리 글 · 그림
02	키다리 아저씨	진 웹스터 지음
03	문제아에서 천재가 된 딥스	액슬린 지음
04	그리스 로마 신화	토머스 불핀치 지음
05	셰익스피어 4대 비극	셰익스피어 지음
06	셰익스피어 5대 희극	셰익스피어 지음
07	탈무드	송년식 엮음
08	노인과 바다	헤밍웨이 지음
09	서머힐	A. S. 니일 지음
10	이상한 나라의 앨리스	루이스 캐럴 지음
11	데미안	헤르만 헤세 지음
12	파브르 곤충기	파브르 지음
13	돈 키호테	세르반테스 지음
14	엄마 찾아 삼만 리	아미치스 지음
15	80일간의 세계 일주	쥘 베른 지음
16	수레바퀴 아래서	헤르만 헤세 지음
17	소공녀	프랜시스 호즈슨 버넷 지음
18	빨간 머리 앤	루시 모드 몽고메리 지음
19	톰 아저씨의 오두막집	해리엇 비처 스토 지음
20	백경	허먼 멜빌 지음
21	부활	톨스토이 지음
22	카라마조프 가의 형제들	도스토옙스키 지음
23	마지막 잎새	오 헨리 지음
24	보물섬	로버트 스티븐슨 지음
25	정글북	루디야드 키플링 지음
26	제인 에어	샬럿 브론테 지음
27	장발장	빅토르 위고 지음
28	비밀의 화원	프랜시스 호즈슨 버넷 지음
29	15소년 표류기	쥘 베른 지음
30	안네의 일기	안네 프랑크 지음
31	마지막 수업	알퐁스 도데 지음
32	노트르담의 꼽추	빅토르 위고 지음
33	홍당무	쥘 르나르 지음
34	죄와 벌	도스토옙스키 지음
35	사랑의 학교	E. 데 아미치스 지음
36	주홍 글씨	너대니얼 호손 지음
37	동물 농장	조지 오웰 지음
38	여자의 일생	모파상 지음
39	시턴 동물기	어니스트 시턴 지음
40	폭풍의 언덕	에밀리 브론테 지음
41	걸리버 여행기	조너선 스위프트 지음
42	젊은 베르테르의 슬픔	괴테 지음
43	몽테크리스토 백작	알렉상드르 뒤마 지음
44	좁은문	앙드레 지드 지음
45	전쟁과 평화	톨스토이 지음
46	사람은 무엇으로 사는가	톨스토이 지음
47	해저 2만 리	쥘 베른 지음
48	로빈슨 크루소	대니얼 디포 지음
49	올리버 트위스트	찰스 디킨스 지음
50	허클베리 핀의 모험	마크 트웨인 지음
51	플루타르크 영웅전	플루타르크 지음
52	베니스의 상인	셰익스피어 지음
53	작은 아씨들	루이자 메이 올컷 지음
54	삼총사	알렉상드르 뒤마 지음
55	소공자	프랜시스 호즈슨 버넷 지음
56	집 없는 아이	엑토르 말로 지음
57	지킬 박사와 하이드 씨	로버트 루이스 스티븐슨 지음
58	오페라의 유령	가스통 르루 지음
59	천로역정	존 버니언 지음
60	폼페이 최후의 날	에드워드 조지 불워 리턴 지음
61	피노키오	카를로 콜로디 지음
62	플랜더스의 개	위다 지음
63	로빈 후드의 모험	하워드 파일 지음
64	안데르센 동화	안데르센 지음
65	서유기	오승은 지음
66	바보 이반	톨스토이 지음
67	행복한 왕자	오스카 와일드 지음
68	하이디	요한나 슈피리 지음
69	호두까기 인형	E. T. A. 호프만 지음
70	크리스마스 캐럴	찰스 디킨스 지음
71	왕자와 거지	마크 트웨인 지음
72	오이디푸스 왕	소포클레스 지음
73	안나 카레니나	톨스토이 지음
	체호프 단편선	체호프 지음
	오만과 편견	제인 오스틴 지음
	라 퐁텐 우화	라 퐁텐 지음
	닐스의 모험	셀마 라게를뢰프 지음
	오즈의 마법사	프랭크 봄 지음
	피터 팬	제임스 매튜 배리 지음
	꿀벌 마야의 모험	발데마어 본젤스 지음
	톰 소여의 모험	마크 트웨인 지음
	파랑새	마테를링크 지음

※효리원 세계 명작 시리즈는 계속 발간됩니다!